沒有聯考的國度

COUNTRY WITHOUT EXAMINATION

Chang-xing Ji 紀長興——著

自序

中國文化源遠流長、博大精深，老祖宗所留下的許多智慧至今仍深深影響我們日常生活的食衣住行；然而，封建制度中的科舉制度也同樣流傳至今，不管是大學聯考、學測、指考、推甄、保送……骨子裡全都是一樣的，就是要先拼命讀書，然後測驗，再接受成績的排序，分發到不同的學校與科系。

彷彿一出生，我就已經注定面對一場盛大華麗的戰爭——大學聯考，十八歲之前的人生意義便是為此而定義，在我有限的生命以來、有清楚的記憶之中，就已經被安排好這一場戰役。這是大時代的洪流、世俗價值觀的趨勢，我無從選擇，即使我曾經荒唐的叛逆過，妄想中流砥柱，再怎麼力挽狂瀾也都是虛幻一場，最終仍是徒勞，還是枉然，我終究必須面對它和經歷它。

可笑而弔詭的是步入職場後，大家卻又告訴我：出社會後一切將從頭開始、重新學起，其實哪一間學校畢業並不重要、擁有什麼學歷文憑也不是重點……而我也從現實生活的挫折與挫敗中深切的體悟，原來佔據了我滿滿少年成長時光中的幾何運算公式、有機化學排列和古典物理的運動定律，都不曾教過我如何好好立身處世、待人接物或合宜的應對進退……

回首過往，不只是我，連同其他成千上萬的莘莘學子，虛擲了人生中最寶貴的青春年華、美麗歲月，耗費在啃食那些太過艱深並且不符現實需要的教材，即使是經過多年之後的教改，台灣的升學制度依然是充塞著填鴨式的死記、死背，同樣是深陷在追逐名次和分數的迷思裡！

聯考前，我以為打完這一場仗就是一切，聯考後，才知道人生由此才算真正開始。寫出這本書，並非是向社會提出憤世嫉俗的討伐，純粹是想如實記錄那些曾經發生過的種種點點滴滴，悼念過去那份美麗青春年華的軌跡。

目次

中篇

下篇

上篇

我不知道別人的十八歲是怎麼過的，但我的十八歲卻是在一團團重壓黑暗中度過。我想只要是在聯考陰影下的人，絕對不會比我好到那去。我私下戲稱，我們飽受聯考摧殘荼毒的一代，真是「失衡」的一代，外表看起來若無其事，內心卻是千瘡百孔，宛如傷兵。但諷刺的是，若要我重新選擇一次，我想，我仍會安於公式化、機械化、甚且一成不變的生活。畢竟有些事情的代價，我們付不起，也抗爭不了。

——師瓊瑜《記事本末》

1. 決戰315

民國八九年八月——

耀眼的陽光照進室內，范柏軒引頸望出玻璃窗外，位處高樓望下，是一幕擁擠人潮在街道巷弄之間川流不止的景象，整條一中街盡是穿著各家補習班不同顏色工作服的工讀生，聲嘶力竭的派發著宣傳單，販賣熱狗、滷味、各類小吃的攤販老闆賣力勤奮招呼著生意，還有不斷的、不斷的從四面八方湧入到這棟大樓的年輕學生。

矗立在台中一中校門口前方的台中市水利會大樓甫一落成，立即招攬了各家補習班爭相競駐，原本零落散佈在太平路和尊賢街的大大小小補習班，很快的完全集中進來，分門別派的割據了這幢將近二十樓層的高樓大廈。不分平時或假日，從白天到夜晚，在此進出的重考生與來自各個公私立學校的高中生多達數十萬人次，為原本就已相當繁華的中一中商圈帶來更加蓬勃的商機，並讓此處儼然成為中部地區的升學教育心臟地帶。

「真是一場精采不足而熱鬧有餘的戲碼，卻必須每天持續上演。」范柏軒冷眼觀望著。

大學聯考結束後，范柏軒立即至重考班報到了，回想當時要進入水利大樓，在門口處，各家補習班的招生大隊列著兩排隊伍，向所有經過的人遞送DM與文具用品，水利大樓四周的路邊也全插滿五顏六色的廣告旗幟，上頭標示著各個科目強力主打的明星教師名號。原本以為這樣熱烈的景象應該只會維持二至三週，沒想到這股激情卻延燒了將近兩個月，彷彿與整個炙熱的七、八月交織相融在一塊了。

外頭人群在驕陽高掛下揮汗如雨，室內的戰場也沒停歇，櫃檯前交誼廳，滿是來班探詢的家長和孩子、補習上下課的學生、臨時聘僱打電話的工讀生、還有忙進忙出的工作人員……整個補習班就像個哄鬧到快要掀開屋頂的展覽會場。

范柏軒了無生趣的翻了翻筆記本，上面抄寫著昨晚英文課所教的狄克生片語和相關字彙及文法，他拿筆隨意在計算紙上書寫著單字，並不時抬起頭看看窗外，雖然座位地處角落一隅，但范柏軒感覺這樣很好，倘若講台前三排、前五排的座位是各路兵家必爭逐鹿的中原，那這靠窗且鄰近邊陲的位置就是不毛之地了。對於座落於此，范柏軒反倒懷抱著一股充實的情感來看待，因為他可以時時自以為遺世而獨立，超然又無謂的觀望所有一切，包括窗內與窗外，對於教室內所發生的一切人物故事和情節，他可以選擇入戲，也可以選擇不入戲，他自嘲這是一份極狹小的本土意識形態作祟著。

突然所有一切嘈雜喧鬧全安靜了，范柏軒的心緒也瞬間從窗外的漫遊收神回來，還在走道上的同學倉皇迅速的跑回座位，講台上多了一個神情倨傲的中年男子，正是補習班的主任，劉綱。

「今天是上學期正式課程的第一天。」透過麥克風，劉綱的語氣沉緩有力。

「不管你們過去是因為什麼理由、什麼原因，導致今天來到這裡——不！應該說是淪落到這裡，我都不在乎，我也不想知道，我只是想要很實在的奉送各位一句話。」劉綱伸出手指，指向背後黑板，黑板的右上角有一個用白色粉筆寫下的阿拉伯數字315，「撐過去就會是你的。」

劉綱用堅毅的眼神來回梭巡著所有人，「各位都很清楚，明年是最後一次日大聯招，大學聯考即將走入歷史。當前的教育政策搖擺，打著多元入學的口號為升學指導方針，這些雖然與各位都沒有關係，但卻也意味你們僅剩最後一次的機會，不管明年過後，大學聯考是否會全面廢除，絕對可以保證的是，你們這一批必須憑藉『一試定終生』的末代考生，如果不能夠好好把握住明年七月的聯考，往後想要進入理想的大學，將會是更加麻煩與不利。」

劉綱用手指指節敲擊著黑板，語調鏗鏘有力的說道：「如果誰認為還有三百一十五天，那就大錯特錯了，事實上的情況是只剩下三百一十五天，事實上的情況絕對比你們現在所能想像的還要險峻，我要很中肯的告訴在座諸君，明年六月還能堅持在此，懷抱著昂揚鬥志的人，絕對剩下不到現在的三分之一！」

台下所有學生此時莫不正襟危坐，屏息以待的注視著劉綱，范柏軒意識到一股無聲無形的壓迫感，正充塞在這間教室空間裡的每一方寸之中，教人全身上下都不敢妄加擅自動彈。

「我不是想要唱衰各位還是危言聳聽，而是要讓你們及早認清這是不容分說的事實。」劉綱頓了一會，「相信各位之所以選擇入德補習班，正是衝著本人所建立的口碑而來，針對我或是針對入德的黑函攻擊與蜚言流語從來沒有停息過，而我也從來沒有去理會過，因為我只做我應該要做的事情，同樣的，我也只說我應該要說的話。我能夠向各位保證，我將盡一切努力提供最理想的讀書環境、最優秀盡責的上課老師、和最完善的輔導機制，但我無法保證你們在這一年之中的生活將會如何？是否仍然渾渾噩噩？遭受環境的誘惑而靡爛墮落？」

「入德補習班沒有什麼醫科保證班或國立大學保證班，入德補習班沒有其他同業那些華而不實的包裝，在這裡，成績好壞你們自己的用功努力要負最大責任，如果你無法認同或者你認為花這樣的錢不值得，待會下課時間你可以到櫃檯辦理退費，絕對是全額退費。」劉綱再次用眼神掃視了所有人，「孔子說入德之門，就是大學之門。入德補習班的目的就是為各位開啟大學之門的道路，來到這裡只要你肯下苦工，我們就願意竭盡所能來成全你，多少成本都在所不惜，哪怕真的只剩下一個人，只要你有恆心毅力能夠堅持到最後，我也一定會傾全力來幫助你，讓你明年此時帶著歡笑收割成果。」

劉綱將雙手按在講桌上，「最後，我要勉勵有志於在明年聯考獲取佳績的同學，請不要忘記你們當初來到這裡的初衷，請時時刻刻提醒自己所許下的諾言，撐過去，才會是你的，能堅守到最後的人，就會是贏家。」

◇　◇　◇

台中一中西面圍牆外的人行道上，滿是剛剛下課的重考生和高中生，人行道旁的馬路上，范柏軒騎著新買的二手單車正要返回宿舍，夏日晚風習習，讓人感覺相當舒爽，馬路的另一邊，是一整排咖啡店和飲茶簡餐店，店內的光線晦黯，但仍隱約可見人影攢動。夜晚的一中街攤販林立，熱鬧更甚白天，尤其是連結三民路之間的幾條巷弄，充斥著電玩店與漫畫租書店，即使在深夜依然流連著許多學生。

這真是一個充滿年輕人的地方，路上的行人全是打扮雅痞或運動休閒的年輕男女，步履輕快、或成雙成對、個個春風得意。也許是反差著實太大了，一離開色調冰冷的補習班大樓，外面的世界卻恍如嘉年華會，全然變了樣，此情此景，總讓范柏軒心中泛著不真實的錯覺感。

直到看見宿舍，才又能拉回現實。宿舍是一幢年久失修的建築，鄰近台中體育學院，是由補習班向房東承租，再依申請分租給學生。范柏軒從側邊入口走上去，屋內的格局，中間是筆直走道，兩邊都是雅房，開門走進昏暗的房間，他的室友余伯維，就著一盞檯燈正在讀書，完全不因為有人進入到房間而受影響。范柏軒將書包置於老舊的書桌上，搖曳的桌腳發出了嘎嘎響聲，斑駁的桌面上仍殘留著前人的筆墨遺跡，大致上是寫著「待從頭，收拾舊山河」之類的字眼。

床位是上下舖的鐵鋁床，范柏軒坐在床沿脫下鞋子，雙手枕在頭下，轉身躺下。

「余伯維是一個怪人。」范柏軒一直都是這樣認為的，從他第一天搬進這裡後，從他第一次接觸到余伯維這個人之後，他就這樣認定了，在他看來，余伯維是一個永遠都在讀書的人，每天晚睡卻早起，補習班的座位在第一排，上課非常專心聽講和低頭振筆疾書，回到宿舍後就是一直埋頭苦讀，除了別人來向他請教問題與解答問題之外，范柏軒不曾見過他和其他人交談閒聊過，而且聽補習班的工作人員所說，他已經重考很多次了。

「真是個怪咖，大概讀書讀到腦袋有問題了吧。」范柏軒將雙腿伸直平放，看著上鋪的床板，塗滿了倒數日期的劃線、正字標記的計數，也有不少自我勉勵、期許督促的精神訓話，其中有一副對聯是這樣的：「青雲有路恆為梯，學海無涯勤是岸。」

范柏軒想起白天劉綱所說的那番話，反覆咀嚼著，情緒也因此些許牽動了起來，於是振振有辭的唸著那副對聯的橫批：

「有、志、竟、成。」

2. 窗外的天空

「質量固定的氣體，在壓力強度不變的情況下，體積和溫度成正比，這就是查理定律，公式如同講義二十三頁的1.17，」化學老師呂平這時改換黃色粉筆，在黑板上寫著：

P2 = P1 ×（t2/t1）

「t1和t2是氣體的凱氏溫度，P1和P2分別是氣體在t1和t2時的壓力。所以查理定律就是，一定質量的氣體，在體積不變的條件下，它的壓力跟溫度成正比。以上所講的波以耳定律和查理．給呂薩克定律都只適用於理想氣體，同學務必釐清氣體定律中，體積和壓力、體積和溫度的關係。」呂平放下粉筆，「氣體定律、理想氣體體積定律和道耳吞分壓定律是歷屆考試的命題重點，這部分比較著重在觀念理解的計算上，考題型式變化不多，同學一定要熟記公式，注意單位換算不要出錯，就可以拿分。」

范柏軒深呼了一口氣，右手迅速切換著紅、黑、藍、綠不同的原子筆抄寫筆記，並注意老師所說的話，隨時用三色螢光筆在講義上劃下重點。

重考班的生活非常制式，一大早是晨考，上午兩堂課各九十分鐘，中間休息二十分鐘，午餐是補習班代訂的便當，午休到兩點，下午兩堂課各九十分鐘，中間休息二十分鐘，傍晚是複習考，晚餐自理，七點開始晚自習到九點，每週固定週考，每個月固定模擬考……「簡直比當兵還要來得規律！」范柏軒聽退伍過的人是這樣說的。

然而就如同班主任劉綱在開學當日所預言，人心上許多的貪婪、好逸惡勞、外在蠱惑，正逐步展開侵襲，補習班教室只是一個形體固定的牢籠，但無形的人心思維才是最無恐不入的滲透蔓延。重考班學生成員複雜參差，有三十多歲的叔叔伯伯、茫然不知為何要考醫學系且非醫學系不可的資優生、許多畢業於從來不曾聽聞過的學校學生，更有不少擺明不是來讀書但就是不知道來做什麼的阿貓阿狗，三教九流，兼而有之，而這麼多年輕又苦悶的男女齊聚一堂，感情問題才是最致命的考驗。

范柏軒的肩頭又被後座的人輕敲著，這已經是這堂課裡的第七次了，范柏軒頭也不回直接伸手向後，接過了一張紙條，不耐煩的遞給左前座的女孩。

直至快到下課前，那女孩還是沒有任何回覆，於是范柏軒的肩頭又被人敲打了，范柏軒接過紙條後，直接在紙條背面寫下：「靠！你有完沒完！」迅速轉過身來，坐在後座的夏天葵是一個白面書生型的男孩，被這突如奇來的舉動給嚇了一跳，整個人向後靠在椅背上。

「徐毓蓁給你的回覆。」范柏軒將揉過的紙條丟在夏天葵的桌上。

◇　◇　◇

茶水間前放置了菜渣集中的廚餘桶，旁邊還有紙餐盒跟竹筷的回收籃，范柏軒跟著一群人列隊等候，這也是每天重複例行的事項之一，不同的是，中午領取便當的人數正逐日遞減著。

有根手指輕輕敲打了范柏軒的肩頭一下，范柏軒回過頭去，又是夏天葵。

「你幹嘛騙人啊？徐毓蓁說她沒寫那樣的話啊，你知不知道你這樣會害死人的耶？」夏天葵沒好氣說道。

范柏軒轉回頭背對夏天葵，「如果你不想被我害死，以後別再幹那樣無聊的事。」

「你以為我想啊……不然，我跟你換位置，這樣就不用再靠你傳紙條了。」

「那你怎麼不直接換到她旁邊，連紙條都不必寫了。」

「對喔，你說得沒錯。」夏天葵敲了一下腦袋，「我早該想到的，換到她旁邊不就得了，唉呀，你早說就好了嘛。」

范柏軒又轉過來，將手上的餐盒塞進夏天葵的懷中，「懶得理你。」

「喂！搞屁啊你？」夏天葵手忙腳亂的捧著差點打翻的餐盒，望著范柏軒離去的身影大吼。

范柏軒行經櫃檯前時，一個身材高挑的女子剛好走過他面前，向他打了個招呼，是聘僱的工讀生羅瓊瑤，她正拿著一堆文件資料交給櫃檯前的一個男生，范柏軒微微向她點頭致意，心下暗忖：「沒想到她還會記得我，真怪。」

眼前的這個女孩在台北唸大學，要升大二，暑假期間回來打工，是個混身散發青春氣息的長髮大眼美女，范柏軒能夠想像她在大學裡面神采飛揚的樣子。初來報到時，范柏軒就是她接待的，協助辦理註冊、繳費和帶領參觀宿舍等事宜。

「雖然入德還算是很新的補習班，但劉主任不僅是中部地區首屈一指的數學天王，也是台北南陽街所有補習班都極力想爭取挖角的王牌名師，所以由劉主任親自領軍的入德補習班絕對是你最明智的選擇沒錯。我以前也是劉主任的學生喔，從高中一年級開始一直補到三年級，劉主任教學認真、經驗豐富，非常重視觀念的理解和融會貫通……」羅瓊瑤一邊手指著叫人眼花撩亂的補習班簡介，一邊對著她面前的男子解說。

這套台詞竟然跟當初對自己所說的一樣，范柏軒只覺得好笑，正要走開時竟然被羅瓊瑤叫住了，「范柏軒，范同學，你可以幫我一個忙嗎？幫我告訴這位同學宿舍怎麼走，我現在跑不開，等會兒還有學生家長要來看補習班。」

「啊？」范柏軒愣在原地遲疑著，看著那個塊頭壯碩的男子轉過身來，是一個頭頂抹著厚重髮油，笑容極度燦爛的陽光男孩，范柏軒覺得他的嘴似乎有點大，以他的臉型比例來說，尤其是笑起來的時候感覺更大。

那男子挺著昂藏的身軀，手拎著像是行李之類的袋子走過來，極度振奮的握起范柏軒的手，「第一次見面，我叫蔡嘉昇，以後麻煩您多多關照了。」

「好說好說，你太誇張了。」范柏軒苦笑著，「宿舍就在育才北路上，靠近台中體育學院……」

不待范柏軒說完，蔡嘉昇用手肘撞了撞范柏軒的手臂，「欸，你覺不覺得這個妞很正？」

范柏軒還沒會意過來，順著蔡嘉昇的視線看去，羅瓊瑤正斜側著頭夾住電話筒，彎下腰在桌上寫字，渾圓緊實的翹臀在連身窄裙的貼身包覆下顯露無遺。

「真可惜已經有男友，而且就快要開學回台北了。」蔡嘉昇瞇眼盯著羅瓊瑤，一副深思玩味的連連點頭，「怎麼樣？你也跟她說過話吧？是不是讓人有一種……初戀的感覺？實在不能相信她有過男人。」

「什麼？男人？你……」范柏軒不解的偏頭看著蔡嘉昇，竟是一副輕薄放肆的嘴臉。

◇　◇　◇

午休快結束了，教室內很安靜，可清楚聽見空調運轉聲響。范柏軒趴在桌上卻始終睡不著，索性坐起身來遠眺窗外，晴朗無雲的天空非常明亮刺眼，連同所望出去的樓房建築也全反射著熠熠日光。范柏軒微微低頭，瞥見講台牆角處有一大落還沒收走的便當，不禁愣怔了。

「越來越多人中午跑出去遛達，鬼混偷懶的人也開始露出本性，沒想到才那麼一下工夫，這麼多人的鬥志就已經鬆懈了，難道情況會真的像劉主任所說的一樣？」范柏軒感慨著，回想起來到補習班後的生活，前兩個月還只是先修課程，上課的老師都是臨時約請的，學生也是陸續報到增加，考試相當的隨性，日子過得很輕鬆愜意；隨著開學到來，各科正式掛頭銜的老師也全到位了，學生人數更是忽然激增。

來報名之前，心中總有疑慮，早聽聞過重考班是一個所有人都在渾噩度日的地方，上課的老師不是在講笑話，就是和同學抬槓、鬼扯淡，就這樣耗去大半堂課的時間……然而在劉主任嚴格要求把關下，入德補習班的教學與行政制度都相當完備，劉主任的確在所能掌控的部分都兌現了當初的承諾，他說到做到了，然而，是否也正如他所說，現實的情況比想像中的要更加險峻呢？

「我會是堅持到最後的人嗎？明年此時此刻的我會在哪裡？我會成為某一間大學的新生嗎？」范柏軒再度望向明亮刺眼的天空，天空依舊寬廣，他仰起頭來，抬起手掌遮擋在眉毛處，希望能看得更遠、更清楚。天空很藍、很藍，藍得有點不切真實，同時似乎也正無聲無息的在回應他，對於充滿未知與茫然的未來，一時之間，范柏軒覺得自己的心裡滿懷著無限的悲壯。

3. 孿生

「這次的週考考卷都已經發還給同學，在檢討答案之前，先跟各位宣導劉主任的最新指示。」數學科輔導老師何鑫一邊拿起板擦擦黑板，一邊說著，「有感於各位逐日的懈怠，為防止數學成績每況愈下，爾後數學科週考不及格的同學須於當日晚上七點鐘再補考一次。」

一時間，教室內一片譁然。

「安靜！各位安靜！」何鑫轉過身來面對所有人，「我還沒說完，補考仍不及格者，該周六下午兩點必須再來班上進行第二次補考。從今日開始執行，所以週考分數不及格的同學們，今晚七點記得準時應考，點名未到者將視同曠課，並列入紀錄。」

撻伐聲浪四起，怨聲載道此起彼落。范柏軒低下頭看著手上的考卷，考卷右上角用紅筆寫著一個醒目的數字，28。

◇　◇　◇

傍晚，一中街商圈又開始湧入四方聚集而來的各校高中生，重考班的學生也像洪水般從水利大樓傾瀉出閘，整個一中夜市馬上又陷入了人聲鼎沸之中。

水利大樓後方通往三民路的小巷弄裡，范柏軒站在一間電玩遊戲店「新人類」的門口，店面是兩大片灰暗的玻璃門，上面貼著幾張過時折損的電玩遊戲宣傳海報。范柏軒推開玻璃門走了進去，馬上樸鼻而來的是揉合著酸臭的菸味和冷氣芳香精的古怪氣味，破音的喇叭大聲播放著安室奈美惠的電音舞曲，牆壁上歪斜零落的張貼著一些日本動漫海報。

范柏軒游目環視著昏暗的室內，入口右手邊有一張櫃台，裡面似乎坐著一個低頭的長髮女子，店內佔地不小，顧客也很多，大半是身穿一中校服的學生，部分是穿便服的重考生，相當容易辨認。范柏軒很快就看見蔡嘉昇了，他正坐在人群圍繞的遊戲機前，表情相當血脈賁張，應該是與坐在他對面的另外一個傢伙，兩人正隔著遊戲機格鬥廝殺著。

范柏軒隨意坐在一台遊戲機的椅子上，心想著已經不知道是第幾次了，蔡嘉昇總是下課後向范柏軒借筆記，並且原封不動的放在他自己的抽屜裡。今天情況特殊，因為待會七點還得趕回去補考不及格的數學週考，早上助教檢討的解題答案全抄寫在筆記本上，而現在筆記並無一如既往的出現在蔡嘉昇的抽屜裡，范柏軒覺得有些困擾，他可不願意週末的下午還必須特地再來考試。

圍觀在蔡嘉昇身旁的人群，都狀似專注的觀摩著，偶爾彼此交頭接耳的交換一點意見，顯然蔡嘉昇在玩電玩遊戲這方面很有一套，范柏軒嘲諷的冷笑了一下。

該怎麼形容蔡嘉昇這個人呢？剛認識時，他就像一個陽光大男孩，充滿著開朗的氣息，也非常健談，待人熱情……然而進一步相處後，范柏軒立即改觀了，他就像一隻纏人的八爪章魚，肆無忌憚的伸展手腳，並且總是絲毫不顧旁人的感受，極盡專斷的我行我素。

「柏軒啊，你就是太汲汲營營了，準備考試固然重要，生活的體驗更重要哇，可憐呀你，老是讓自己一副陰陰沉沉、難以親近的模樣。不過幸好你遇見了我，我可是全世界最好相處的人，也是最懂得享受生活情趣的人，我一定會讓你在重考的這一年裡，用功讀書之餘，並且重新了解生命可貴的意義。」

於是蔡嘉昇馬上驗證了自己多麼輕鬆不拘泥的那一面讓范柏軒明白：他上課忘記帶的課本，看范柏軒的，懶得寫的筆記，借范柏軒的，不想寫的作業，抄范柏軒的，范柏軒找不到的文具永遠可在他的背包裡尋獲……諸如此類的事件，天天發生。

其實蔡嘉昇今年已經二十五歲，根據他個人的自白：高職畢業後就入伍當了兩年的大頭兵，退伍後接連換了幾份沒著沒落的零工，他發覺這樣下去也不是個辦法，就選了一家補習班進去窩了半年，考上一間名不見經傳的野雞大學，但很快就因為學期末二一被掃地出門，因此他只好再去找工作，回到跟之前一樣，一邊工作一邊換新工作的生活，而他始終難忘對大學文憑的憧憬。

「沒個大學畢業，在外頭走起路來都沒風啦！」他一貫的論調。

所以他馬上又決定「洗心革面」，回來重考班報到。而奉行即時享樂主義的他，每晚流連在這附近的漫畫租書店、電玩遊戲店和彈子房，或是跟一群豬朋狗友相邀出去夜遊玩樂，白天在課堂上補休則是家常便飯。

而蔡嘉昇的存在對於范柏軒的唯一好處，就是分散了夏天葵的騷擾。

「為什麼人要談戀愛？就是為了求進步！」蔡嘉昇一臉肅穆的解釋。

「是嗎？」夏天葵誠惶誠恐的語氣微顫著。

「為考試而讀書是多麼沒有意義而苦悶，但是你只要想到現在的一切辛苦耕耘，都是為了和徐毓蓁將來進入大學後能夠雙宿雙飛，將這份世俗無法苟同的情操化為向上提升的無窮動力，那還有什麼難關能夠阻撓你往前邁進？」

「可不是嗎？大哥！」夏天葵的表情如獲恩典般的整個明亮了起來。於是蔡嘉昇立刻正式躋身成為夏天葵的感情問題首席心理諮商顧問。

現在隔著遊戲機，坐在蔡嘉昇對面的那個人憤憤不平的起身離去，旁邊人群裡馬上遞補上另一個挑戰者坐到位置上，圍觀者似乎以一種無形的默契排隊等候著。蔡嘉昇則是一臉樂不可支，對於再度打倒一名對手的結果，他相當志得意滿。

按照過去來找過他幾次的經驗，范柏軒知道這時候是不可能中斷他離開遊戲機的，范柏軒低頭看了一下手錶，距離七點的補考尚有一些時間，心裡盤算著不如把握這個等待的空檔先自行演練題目，於是打開背包拿出講義和計算紙。

此時，電玩遊戲店的工讀生正一手拿著掃帚，一手拖著垃圾袋，一路收拾過來，范柏軒絲毫不以為意的將座椅更往內靠，那個工讀生這時才發現，原來范柏軒正坐在遊戲機上讀書寫字。

「抱歉，擋到你了。」范柏軒再將座椅往內更靠了些。

「你在幹嘛？」

范柏軒抬頭望向這位口氣不悅的工讀生，是一個貌似十六、七歲模樣的長髮少女，依稀是印象中自己剛剛進來店裡的時候，坐在櫃檯裡面的那個女孩。

范柏軒伸手指向蔡嘉昇那邊，「不好意思，我在等同學，他——」

「你把這當K書中心啊？莫名其妙，還不趕快走！」沒耐心聽范柏軒說完話，工讀生就訓斥了起來，沒好氣的走開了。

看著她收拾著客人留下的飲料杯子、炸雞排的白色紙袋，還要將菸灰皿裡的菸頭倒進垃圾袋，並且用洗潔精噴霧和抹布擦拭閒置的遊戲機螢幕，工作模樣相當勤奮……范柏軒心想著，應該是中輟逃學之類的學生吧。

隨著目光跟隨著工讀生的離去，范柏軒看見玻璃門被推開，兩個中一中的學生走了進來，他們面貌相像、身材相仿，談笑自若的走過范柏軒的身邊，范柏軒的目光追隨著他們身上淡青帶藍的制服，那是范柏軒很熟悉的一種身影。

范柏軒再度環視四周，店內大半是穿著中一中制服的學生，其實也不是第一次見到這樣的情景，但不知為何，剛剛那兩個人的影像觸動了他內心深處的一個開關，他忽然想起了他的孿生哥哥，范柏瑋。范柏瑋也曾穿著這樣一身的制服，而范柏瑋穿著這樣制服的那三年對范柏軒而言，是一段極其不堪的過往。

從小，范柏瑋就是師長眼中成績優異的好學生，囊括了每一次考試的第一名，當時的范柏軒心智懵懂，沒有任何特別的想法或感觸，只是很平常的習慣著有一個和自己長得一樣的人總是考試拿第一名。

但是到了國中，與哥哥同校的范柏軒逐漸意識到情況的不同了。范柏瑋理所當然被編制在所謂學習能力分班的前段班級，而范柏軒則是一直被編制在普通班級，而同時教導過兩個人的老師，起初面對范柏軒時，大多懷抱著一絲期許，後來卻又投射出因為落差而感到失望、遺憾的眼神。

「你哥哥很好，是一個非常優秀的好學生，你應該以他為榜樣來學習和督促自己……」老師們耳提面命的對范柏軒告誡著。在那注定執拗和叛逆的年紀裡，這些諄諄教誨只是讓范柏軒聽來刺耳以及伴隨而生的憤怒。

他明顯的感受到自己與范柏瑋的極端差異，這是他前所未有過的念頭。每次月考後，范柏瑋的名字被寫在全年級成績紅榜單的第一名位置，而自己的分數根本和紅榜單的基本分數還相差個十萬八千里；范柏瑋每天放學後要去補習上課，而自己則在籃球場上和同學打三對三鬥牛。

只因為成績不夠好，就變成跟好吃懶作畫上等號，范柏軒覺得這個世界太不公平了，他和哥哥這樣的一對雙胞胎，就像是活生生的實驗組和對照組，簡直就是一個動機錯誤的設定。有了這樣的念頭萌生後，他心中亦滿懷著冷漠的憤世嫉俗，他開始漸漸變得寡言，也不再主動和范柏瑋開口講話。

范柏軒真正對這樣的手足關係絕望，是在國三畢業後的高中聯考。范柏瑋眾望所歸的考上台中一中，而自己也被認為是理所當然的只能考上一間外縣市的三流綜合高中。那個暑假，父母親准許范柏瑋和同學出國旅遊當做犒賞，每個來到家裡的親友無不圍繞著這一個話題打轉。范柏瑋承接著四方匯集而來的寵愛和讚美；相對之下，同樣剛考完高中聯考的范柏軒卻彷彿是一個必須退出范柏瑋專屬舞台的配角。

他寧可大家徹底遺忘他、忽略他，也不要因為注意到他而引起尷尬，他恨透了那種敏感的氛圍、他恨透了各種家族成員相聚的任何場合、他恨透了學校老師在放榜後打電話到家中恭喜竟然也提到了他，他也恨透了導致這一切發生的哥哥，范柏瑋。

進入高中，兩人終於在相同環境下分手，開始建構各自不同的人生路程……

「就是這一台雷電咬了我的錢！」一個聲音在范柏軒身後清脆響起。

范柏軒從恍然如夢的思潮中回過神來，轉身看見一個癡肥的中一中學生站在離他不遠處，旁邊是剛剛那一個工讀生。

那個工讀生看見范柏軒後，眉頭緊蹙著，他拎起手上的一大串鑰匙，開始一支一支的找尋著，似乎是找到正確的鑰匙後，蹲下身去開啟那台叫做雷電的遊戲機底下的一個小門板。

「吃了你多少錢？」工讀生伸手進去機台裡面扭動了什麼機關似的。

「二十元。」那個肥胖的學生回答。

工讀生重新將門板鎖上，起身交給他兩枚十元銅板，然後面向范柏軒，疾顏厲色的說道：「你怎麼還在這？你是不是腦袋有問題啊，跑來這種地方假扮好學生，虧你想得出來，等會被揍沒人要救你。」

「扮好學生……」被加諸這種身分的形容詞，簡直是一種苛薄的詆毀和嘲弄，並且觸犯了范柏軒的大忌。

「你這個人講話怎麼這樣不客氣呀？難道你絲毫無法體諒一下別人的狀況嗎？」

工讀生先是一臉怒容，但又霎時變了另一個臉色，欲言又止。

范柏軒故意嗆聲的拿起28分數學考卷，用原子筆指著其中一道證明題，「我就是要在這邊算完這一道題目才走啦，怎麼樣？這地方有規定不能寫作業、做功課喔？」

工讀生忽然搶過范柏軒手上的那張考卷和原子筆。

「喂！你幹什麼？」范柏軒被這樣突如其來的舉動給愣了一下，隨即伸手想要搶回考卷。

「算完這一題，你就可以滾了是吧？」工讀生將考卷拿在臉旁邊。

「你到底在說什麼啊？」范柏軒還搞不清楚眼前的情況究竟是怎麼一回事。

「那好。」工讀生立即轉身坐在遊戲機台上，開始在考卷上搖動筆桿，「這是多項式的除法原理變化出來的題型，所求的都是餘式r(x)，題目說得很清楚，這裡所給定的f(x)與g(x)不是零多項式，根據餘式定理，只要deg r(x)小於deg g(x)，或者r(x)是零多項式，又此處不知道商式q(x)卻要求r(x)，那只要將餘式定理的定義帶入反推，即可求得餘式r(x)，再來，假若r(x)是零多項式，f(x)與g(x)互為倍式與因式的關係，所以f(b/a)等於零的條件成立……」

范柏軒不可置信的看著她竟然能夠這樣迅速的拆解題目，書寫出答案。

「這還只是餘式定理的基本題型。」工讀生站起身來，使勁用手將考卷按在范柏軒的胸膛上，「給你！」

范柏軒還來不及接好考卷，考卷便已飄落，於是只好趕緊慌忙的低身俯拾，在他彎腰的那一刻，他抬首看見了工讀生雙手環抱胸前，神色相當輕蔑不屑的對他說：「掰掰。」

4. 一定會有耀武揚威的那一天

劉綱在黑板上演算著無窮等比級數的收斂和發散的範例，范柏軒今天抄寫筆記的速度比平時慢了許多，他望著黑板上的阿拉伯數字以及希臘文符號發起獃來。

「那個在『新人類』打工的女孩到底是什麼人？怎麼能夠這樣迅速熟練的解題呢？」范柏軒不解的忖度著。

夏天葵用手指輕敲了敲范柏軒的肩頭，「欸，徐毓蓁答應下個月跟我一起去看英仙座流星雨了耶。」

「嗯，恭喜啊。」范柏軒漫不經心的回應。

「嗯咧，誰准你嗯的啊？那你恭喜我什麼？你講一遍。」

「白癡，我可是很忙的耶。」范柏軒完全不想搭理夏天葵，逕自低頭抄寫筆記。

劉綱轉過身來說道：「無窮等比級數是每年必考的題型，出題比率居高不下，可變化的題型相當多，所以同學們一定要小心注意這個範圍，多加練習歷屆聯考的考古題，只要能掌握住這裡的分數，應該至少可以拿到超過低標的基本分，請同學們務必要特別特別的著重這個部份。」

劉綱放下粉筆，繼續對著台下說道：「現在開始，我們將不定期安排從班上出去的學長姐回來為各位作簡短的演講，目的是希望藉由這些也同樣曾經重考過的學生們，把自己如何克服重考的經驗和你們做一些分享與交流。今天回來班上跟各位見面的是今年考上政大心理系的林秀山同學。切記，等會歡迎他的時候不要拍手。」

劉綱嚴峻的表情帶著一股自滿，「因為他們今日品嘗的甜美果實，是他們的辛苦付出所應得的，你們的掌聲對他們而言，不過只是毫無意義的錦上添花。現在就直接請林秀山同學為我們帶來分享。」

「跩屁啊？當我沒當過大學生喔？操。」蔡嘉昇將筆一丟，趴在桌面上作勢睡覺。

在劉綱的招手之下，一個身型瘦弱的男孩自教室前方側門緩緩步向講台上，劉綱將麥克風遞交給他。

「哦……各位學弟妹們好，我……我叫林秀山……」林秀山非常膽怯的低著頭，劉綱拍拍他的肩膀，同時用力按了按他的肩頭，以示鼓勵。

林秀山抬頭看了一看台下的學生，緩慢的說著：「今日應劉主任的邀請來為各位作經驗分享，其實我心裡非常緊張。一年前，我和你們一樣就坐在台下，只不過我起先並不在劉主任的班上，我是從別間補習班轉過來的學生。」

林秀山似乎比較習慣麥克風的說話聲音了，繼續說道：「去年我的聯考成績相當不理想，落點分析的結果應該只能錄取一些私立學院的冷門科系，放榜前就與家人幾經商量，決定再重考一次。我的父母親對我寄望很深，因此我心裡也感到非常的愧疚，所以當他們求好心切的提出送我去台北南陽街補習班這樣的建議時，我沒有任何考慮就答應了，但萬萬沒想到也是噩夢的開始。」

林秀山已逐漸恢復平時自若的說話方式，「南陽街的補習班非常多，各有許多超級王牌的名師坐鎮，他們就像擁兵自重的軍閥一樣佔據山頭、獨霸一方。家人幫我決定，報名了補習街中招牌最老字號的聯明補習班，一開始真的讓我很震撼，因為他們的教室可以同時容納下數千人，天花板架設許多大螢幕，播放老師在前面講台說話寫字的畫面，好讓後方的學生能清楚看見，就像在辦演唱會一樣。可是這種情形之下，學習效率真的很糟，同學大多根本沒在聽課，很多人都漫無方向的度日，每天行屍走肉般的流竄在火車站和西門町的鬧區，在這樣的環境之下，我絲毫看不見未來的希望，且台北的房租昂貴，更讓我心理的壓力非常巨大。」

「而不久後，更糟的情況發生了，補習班的生態開始混亂了起來，起先是突然有一群別家補習班的學生進來我們的教室一起上課，補習班的工作人員安撫我們說是因為隔壁的補習班倒了，目前這只是暫時的安置措施，將會盡快整頓好這些外來學生，絕對不會犧牲本班學生的權益，但馬上又有第二間補習班的學生來了，上課的課表也被打亂，而且不知是因為教室上課人數編制有問題，還是老師排班的問題，我們開始像遊牧民族似的，分批分批往來於不同的補習班地點上課，今天上課的老師和同學，可能明天就換人了。」

劉綱這時候插話了，「林同學，這部分跟分享的主題有所偏移，你直接就如何準備考試的方法來說明就可以。」

被提點的林秀山一時慌亂了分寸，結結巴巴了起來，「哦……是的，總之在上學期結束後，我就回來台中，並且報名了劉主任的入德補習班。我按照劉主任親自為我量身製定的讀書計畫，按部就班的執行，很快的就趕上了進度。真的，我很謝謝劉主任。」

劉綱再度鎖緊了眉頭。

「回想前面的那半年，簡直是一場恐怖的災難，即使初到入德的時候，我根本不敢再抱持任何期望，但劉主任真的是一個非常用心的好老師，他不只會主動關心我的狀況，也同樣會去注意其他人，所以我很放心的把自己交給他，而他幫我規劃的讀書計畫不僅僅讓我能追趕上新進度，同時也能回過頭去彌補前半年嚴重落後的課程。因此，我要再次的感謝劉主任，他跟其他的老師不一樣，很多補習班老師根本是詐騙集團，滿嘴漂亮謊言欺騙學生上門繳錢，之後卻對我們棄之不顧、不聞不問。各位學弟妹們，你們真的很幸運，一開始就做了正確的決定，選擇了劉主任、選擇最好的入德補習班——」

劉綱走上前一步，擋在林秀山前方，中斷了他這近乎爆走的發言，以一貫冷峻的口氣說道：「今天的分享就先暫時到此，各位同學們如果還有什麼問題想請教林秀山，可以在下課休息時間到外面的交誼廳和他討論，下課。」

林秀山瘦弱的身影，半露在劉綱的背後，他低垂著頭，情緒還有點激動的顫慄著。

◇　◇　◇

傍晚，在中一中校門口前方二十呎處的快餐店「易牙香」裡，范柏軒和蔡嘉昇對坐而食著。

「待會要不要跟我組隊play one一下？你以前不是打校隊的嗎？」蔡嘉昇興致勃勃的提問。

「哦，不了，託你的福，我待會還要去參加數學補考。」

「馬的瞧你，講話酸不溜丟的，反正到現在為止你每個禮拜還不是都考不及格，有什麼關係？」

「我不想星期六下午還要再去考試，週末的寶貴時光是拿來複習進度用的。」

「切。」

這時夏天葵衝了進來，一屁股的坐在范柏軒旁邊，「哈哈，我剛剛跟林秀山請教討論完了。」

「早上那個政大心理系的？」蔡嘉昇嗤之以鼻的說道：「跟他有什麼好請教的？要請教也應該第一個請教我才對啊，老子不只念過大學，還出過社會。看來得好好的跟劉綱橋一攤，讓我上台去為各位發表我個人一路走來的心路歷程才行。」

「唉唷，我是問他，他講的那些補習班胡搞瞎搞的事情是不是真的？他發誓他所說的話千真萬確，實際情形甚至更加誇張。」

「那又怎麼樣？補習班本來就是這樣啊，我上次參加的重考班，還跟考四技二專的技職生一起開班咧，哈哈哈！」蔡嘉昇眉飛色舞的說道：「這些辦補習班的老師不就是在做生意，說穿了就是商人，所謂商人，就是傷害別人，為了自己的利益有什麼幹不出來的。搞不好這個林秀山也是劉綱刻意安排來的，你沒聽他滿口的歌功頌德？」

「劉主任不是那種人吧，我看他辦學很實在。」

「天曉得喔？你們這些沒見過世面、乳臭未乾的小鬼當然是讓他給唬得一愣一愣。」

蔡嘉昇不以為然的看著夏天葵，「不然我們有請說話一向最公平公正公開、素有公道伯之稱的范柏軒、范同學來為我們講評，有請。」

夏天葵很鄭重的把頭面向范柏軒，等待他開口的答案。

范柏軒慢條斯理的拿起碗喝了一口湯，再把碗輕輕放下，「把自己的書讀好就好了，管別人怎麼樣幹嘛。」

「齁！你這樣有講等於沒講。」夏天葵孩子氣似的嚷嚷。

「我們要做的事，本來就是只有把書讀好而已，想那麼多幹嘛？別人怎麼樣那是別人怎麼樣。」

「那如果今天發生在你身上呢？萬一劉綱真的就是那種只顧利益不惜犧牲學生權益的老師、把你賣給別家補習班，讓你變成補習班之間的人肉皮球踢來踢去，你打算怎麼辦？」蔡嘉昇不死心的追問。

「那還是不甘我的事，我只要想著把書讀好、把聯考考好，不管是在哪間補習班都一樣。」

「哼，等真的碰上就知道了。」蔡嘉昇雙手捧起碗來喝湯。

晚餐後，范柏軒走去麥當勞旁邊的敦煌書局晃了一下，順便買了幾支原子筆，再走回水利大樓前方的ＴＣＣ廣場時，已看見蔡嘉昇換上球衣，在廣場上的一個小籃球場上奔馳。

范柏軒沿著廣場旁邊的大理石花圃走進去，這個時間點，廣場上總是聚集著許多的重考生和各校的高中生，他們拿著飲料或附近夜市買來的晚餐，輕鬆歡愉的坐在花圃上一邊聊天，一邊吃著食物，或為認識的比賽球員助威吶喊。

每天的傍晚或是週末的下午，廣場上總是有絡繹不絕的籃球隊伍較勁著三對三鬥牛，不論是重考班學生，或是各校穿著制服的高中生，都可以自由任意的組隊，上場進行友誼的較量。范柏軒看著蔡嘉昇運球，吆喝指揮隊友攻進籃下禁區，他不禁看得有些出神，索性就坐在花圃上觀看起來。

蔡嘉昇腳上穿著黑白相間的喬登十二代球鞋，范柏軒正好也有一雙，是高中時期和同學漏夜排隊購買的。在那個年代，籃球大帝麥克・喬登率領公牛隊拿下ＮＢＡ總冠軍三連霸，締造前所未有的超級夢幻記錄。每天學校的球場上全都是耐吉的球鞋，同時在漫畫灌籃高手的推波助瀾下，熱血的打籃球是每一個男生的共同語言。范柏軒因此理所當然的參加了學校的籃球校隊，但他一直都只是一個坐冷板凳的二軍球員。

高中時期的范柏瑋依然在中一中維持著優異的好成績，似乎也是那麼樣的理所當然。每天早晨，當他們要一起出門搭車時，是范柏軒最痛苦的時候，國小、國中兩人都穿著相同的制服，而此時，兩人卻穿上了象徵不同意義的制服，就像是一種階級上南轅北轍的歸類，並且無所遁形。尤其是看見范柏瑋的臉，那張與自己面貌相同的臉，更讓范柏軒產生一種難以言喻的感覺，參雜著矛盾的迷惘，以及自慚形穢的自卑。

生命的重量就像是這張被烙上印記的顏面，讓一切失去輕盈的能力，彷彿用了過多相同的刻意，終而成為一種禁忌。每每在鏡中，或在他人夾雜了太多複雜情感的目光下，范柏軒都要懷疑這張容顏究竟是否屬於自己的局部，抑或只是在胚胎時期的一個疏忽錯誤，不小心套用在自己的身軀上。雖然不是殘缺，卻是一份難以寬待的宥罪，再多的質疑也不能改變這個殘酷的事實，也許從幼年開始，在身形不斷抽長之際，陰影的版圖也不斷擴張。對於范柏軒而言，范柏瑋的聳立就像是一座遙遠的目標，而光亮閃耀之下所產生的陰影，就是自己一路走來的黯淡人生。

生活的轉機來自於范柏瑋突然成績下滑，連帶模擬考分數嚴重倒退的失常後。

「我完蛋了。」范柏瑋回家後跌坐在沙發上喃喃的語囈。范柏軒暗暗看著，他雖然曾經想過，如果范柏瑋不那樣出色，也許就不會顯得自己的不足，而或者也許自己並不是真的不如人，只是沒有機會表現而已。

這個家像失序的鐘，暫停了一切的停擺。面對范柏瑋的失敗，范柏軒卻有了全新的啟發，晚上睡覺前，他躺在床上望著書桌前牆壁上的喬登運球畫面的海報，在腦中編織起一些揚眉吐氣的劇情。

他開始每天提早到學校練球，放學後留下來加強鍛鍊體能。學業成績既然已經無法挽回，唯有從其他方面的優勢著手，范柏軒要證明，他要證明自己也是能有一片不一樣的天空。很快的，他的努力獲得回報，他開始離開冷板凳上場表現了，不久後，他正式脫離二軍的行列，成為比賽的先發球員。

范柏瑋正在學習適應挫折，范柏軒卻初嘗了成功的滋味，在一連串過關斬將的晉級比賽後，他們獲得中部地區的高中組冠軍。這份得來不易的喜悅，范柏軒將所有的功勞歸給自己，他堅信這樣的勝利，無異可為愁雲慘霧的家裡帶來不同的改變。

那天回到家，范柏軒立刻又是一張面無表情的臉，其實他的內心澎湃歡喜著，雖然他曾經想過像范柏瑋，一推開門便能隨心情轉換，訴說著今天發生什麼事情，但他還是無法，長期的蟄伏養成他總是一派無所謂的冷漠和倔強，沒有與家人分享心情的習慣。他走向浴室，行經范柏瑋的房間時，聽見媽媽極度憂傷的聲音：「你總是要吃一點東西啊，總是要吃啊……」

心，徹頭徹尾的絞痛了起來，范柏瑋始終擁有家中全部的鍾愛。范柏軒站在浴室斑駁累累的鏡前，看著鏡裡自己的臉一下子裂成了七八塊。

那晚深夜，范柏軒躲在棉被覆蓋下，壓抑哽咽的啜泣著，書桌旁的地板上，是被撕破的喬登運球畫面的海報……

往事如同一抹灰色的塵埃，覆蓋在不堪的回憶上，范柏軒低頭看了一下手表，數學補考的時間快開始了，於是站起身來往水利大樓的正門口走去。這時，一顆籃球滾到他的腳邊。

「Thank you, ball!」蔡嘉昇舉手對范柏軒喊著。

范柏軒撿起了球，雙手捧在胸前，一時之間非常的感慨萬千，但他還是將球無力的丟回去，在轉身欲要前進時，他無意仰起脖子，看著眼前的水利大樓。

從這樣近距離的仰角觀望，無法看見水利大樓的屋頂，水利大樓恍如一幢頂天插雲的龐然巨物，巍然聳立在范柏軒的面前，就像是范柏瑋遙不可及的身影聳立在他的腦海之中，激起了他攀比超越的萬丈雄心，過去的壯志未酬在胸臆中颳起了滔天的風起雲湧。那些未能兌現的揚眉吐氣，他不僅全要悉數討回，並且一年後要昂首闊步的離開這個地方，他在心裡許下了一個誓言，自己一定會有耀武揚威的那一天。

5.標準答案

看海有些綠　天有些藍　那段愛情有些遺憾
像不知不覺游向海天　到最深的地方
才發現你　早已經　放棄我

夏天葵嘆了一口長氣，按下ＣＤ撥放器的停止鍵，再倒回剛剛的那一段播放。

「老兄啊！你到底煩不煩？同一段音樂你已經repeat了好幾十遍，而且這裡是我的房間，你要發花癡可以到別處發作嗎？」范柏軒坐在書桌前，回過頭對著坐在床沿的夏天葵下達不悅的逐客令。

「唉唷，你不懂啦，你這樣上大學以後怎麼跟女生談情說愛呀？」

「你很奇怪耶，明天要英文週考，自己讀不下書，也要吵得別人跟你一樣喔，無聊也不是這種無聊法。」

「英文的實力是靠平時的日積月累，臨時抱佛腳是沒有用的。」

「我現在就是在日積月累，你可以走了吧？」

「好，只要你肯聽我講一遍我的遭遇，我說完馬上走。」

范柏軒深吐了一口氣，放下筆，轉過身來，「那好，你快說吧。」

「我希望你能像神父那樣寬厚的、包容的傾聽。」

「神父？你是說像司迪麥口香糖廣告裡面，那個一直在唸經的怪人？」

「那個哪是神父啊？神父是坐在教堂的告解室裡面，真心聆聽別人懺悔的那種。」

「好，不管那麼多，那就趕快開始吧。」

夏天葵正襟危坐了起來，很正經八百的說：「神父，我有罪。」

「世人誰沒有罪？」

「太棒了，我就等你這一句。我愛上了一個不該愛的人。」

「不會是……」

「沒錯，就是她！」

「放下吧，走出來吧。」范柏軒拿起指甲刀磨起指甲。

「幹嘛這麼快下結論，我都還沒講到重點耶。」

「sorry，請你假裝我還沒說。」

「這位神父，你可以專業一點嗎？」

「不好意思，我回去之後會做好功課，所以現在可以下結論了嗎？」范柏軒低頭吹了一下磨掉的指甲屑。

「什麼結論？」

「放下吧，走出來吧。」

「天啊，你這樣好像法海喔。」夏天葵指著范柏軒，樂不可支的哈哈大笑起來。

「喂！我一直在配合你，扮演一位稱職的神父耶。」

這時候，房間的門被打開，走進來的是蔡嘉昇，「我一走上樓梯就聽見你們爽朗的笑聲，何事如此暢快人心？」

「又來一個煩人的了。」范柏軒低頭背起英文單字。

夏天葵馬上又變成一副垂頭喪氣的模樣，「其實不是好事，反而是面臨很糟糕的局面，徐毓蓁今天跟我說，現在應該要專心讀書，大家先當朋友就好了。」

「你已經跟她表白了？但她不是已經答應要和你一起去看流星雨？」蔡嘉昇拉過一張椅子坐下來。

「我還沒跟她表白，不過她也心知肚明，本來打算看流星雨的那晚，要在浪漫的星空下一舉擄獲芳心，現在卻變成未知數了，而且她以前的國中同學也在樓下的補習班重考，聽說似乎也有意追求她。」

「出現競爭者就麻煩啦，本來可以好整以暇的慢慢追、慢慢磨的跟她耗，這下可就難說囉。」蔡嘉昇抖起腳來，「記得我念大學時參加的社團，裡面也發生這種情況，兩個男生同時愛上一個女生，這兩個男生本來是同一掛的哥們，後來卻為了這個妞反目成仇。我還記得他們最後的競爭方式是打了一個賭，比賽證明誰比較愛那個女的，結果贏的那個是跑去女生宿舍前面脫褲子裸奔，一邊跑一邊大喊，×××我愛你，那個女生從此不理他了，反而跟那個輸的男生在一起。你看看這就是人生，所謂輸贏並沒有一定的標準答案，不過那個贏的男生也變成了全校風雲人物，相信他之後泡妞應該是無往不利呀，哈哈哈哈。」

「你確定你們那個真的是大學社團嗎？」夏天葵一臉認真而又狐疑的表情。

「是——啊！」范柏軒拖長了音調，「你確定你真的有twenty-five歲嗎？」

「我讀大學的時候當然還沒有二十五歲啊，那種熱血青春像你們這種小鬼懂屁啊，我看你們連毛都還沒長齊呢。」

「好了好了，該告解的也告解完了，我今天真的都還沒念到書，你們請回吧。」范柏軒極度不耐煩的說道。

「那我來告訴你一件保證會讓你感到安慰的事情，那就是，」蔡嘉昇喜上眉梢的說道：「我今天也都還沒念書耶。」

夏天葵在一旁捧腹大笑起來，范柏軒再也按捺不住站起來，「你們到底鬧夠了沒有啊？明天要英文週考耶！」

「好！那我們也一樣來打個賭。」蔡嘉昇也跟著站了起來，模仿李小龍的招牌動作，在胸前比出右手食指，「就賭英文週考，輸的人無條件答應對方完成一個要求，怎麼樣？」

「我也要參加比賽！」夏天葵像小學生發問問題一樣的舉起右手，「拜託算我一份。」

「好好好，OKOK、隨便你們、我都答應你們，所以現在可以讓我讀書了吧？」

好不容易送走他們，范柏軒坐在桌前還是心浮氣躁，他在計算紙上胡亂寫著英文單字，腦中卻想起剛剛蔡嘉昇所說的「輸贏並沒有一定的標準答案」，這是一個恆常讓范柏軒迷惘的問題。在不知不覺中，范柏軒在空白紙面上寫下了「范柏瑋」三個字，他發怔了一下，趕緊拿立可白塗掉。

6. 回憶之旅

「好啦，前幾天的英文週考已經檢討完了，這次的成績普遍不理想，同學們的詞彙量還非常匱乏，要知道，英文想在聯考獲取高分的必勝關鍵，就在單字量以及詞性的變化，所以請大家趕快把發給各位的聯考英文致勝秘笈裡的必考單字全部背下來，這裡面整理了歷屆考試出題率最高的單字、片語……」

范柏軒也沒注意聽台上的英文老師陳莉一逕兒呱啦呱啦個沒完，他看著週考試卷上面的分數46分，竟然都輸給蔡嘉昇的58分和夏天葵的72分，想起他們兩人的嘴臉：

「我以前跑過國外業務，英文還懂幾個啦，哈哈哈！」蔡嘉昇一貫的傻笑。

「好歹我也是一中畢業的，英文喔，勉勉強強啦。」夏天葵老愛張大自以為無邪的眼睛。

還真不是滋味呀，范柏軒心中苦笑著。

「其實聯考全都是紙上談兵，是很難測試出一個人的英文實力，真正的英文能力培養應該是從聽說讀寫，循序漸進的方式開始，現在同學們為了眼前的考試，當然只能先大量背誦單字和文法來應付，不過呢，老師希望同學們在度過聯考之後，可以按照正確的學習方式學習好英文。」

陳莉是班上最年輕的老師，年紀約三十出頭，個性活潑，思想與談吐也很開放，頗受學生的喜愛。

「尤其是發音，台灣學生不知道是不是因為害怕開口講英文，發音多半都很不標準，連老外都聽不懂在講啥，所以同學們往後真的要注意啊，千萬不要因此在重要的國際場合出糗，或者讓外國人給笑掉大牙。」

「老師！」教室中後方傳來一個女孩的聲音。

陳莉抬頭望向教室後方，是一個短髮的女孩舉起手來。

「那位同學，有什麼問題嗎？」陳莉親切的微笑。

「老師，你憑什麼認為英文發音不標準就要被外國人笑？」短髮女孩的語氣裡有一種不容動搖的堅毅。

陳莉的微笑倏地僵硬，教室內突然一瞬間寂靜，所有前方的同學都把頭轉向後面看那女孩。

「老師不是這個意思……老師是說……很多重大場合……或者我們跟外國人講話、溝通都是使用英文，發音當然很重要……」陳莉窘困的支支吾吾起來。

那女孩繼續鏗鏘有力的發言：「老師你會因為外國人講中文怪腔怪調而嘲笑他嗎？那你為什麼要認為我們發音不夠標準，所以在重大場合被笑是不好的？老師，我抗議你這種帶有種族歧視、階級思想的教學。」

教室內爆出一陣歡呼聲，所有學生都開始鼓掌或叫囂起來。

「同學真的誤會老師了，老師絕對沒有想要歧視哪一國人的意思，如果有任何讓同學們不舒服的冒犯，老師在這邊先說一聲抱歉。」陳莉急忙安撫所有人停止鼓譟和騷動，她很尷尬的笑著說：「當然同學們不管有什麼意見和想法，絕對都可以提出來，老師是很open minded的。」

◇　◇　◇

中午，范柏軒站在新人類的門口猶豫五分鐘了，他幾度伸起手來卻又放下去。

按照之前的約定，英文週考分數最低的人須無條件完成其他人各一項要求，現在范柏軒要來履行夏天葵的要求了。夏天葵好不容易約到徐毓蓁周六下午去看電影，企圖挽回頹勢，但他今天的數學週考沒有及格，如果今晚的補考沒過關，勢必影響到周六的約會，因此，他要求范柏軒必須在下午開始上課前搞定所有考題的解答。面對這樣無理的要求，范柏軒本來是想要賴不管的，但一想到之後會遭受他們以此為藉口更加無法無天的報復，范柏軒還是決定咬牙先撐過去再說。

「管他的，死就死吧。」范柏軒伸手推開新人類的玻璃門，瀰漫酸臭菸味和芳香精氣味的空氣迎面撲上，電玩店裡的客人不多，只有幾個翹課出來的中一中學生，范柏軒望向右手邊的櫃台，上次那個工讀生果然低頭坐在裡面。

范柏軒敲了敲櫃台桌面，「哈囉。」

那個工讀生頭也沒抬，伸出手來，放在櫃台桌上，「換零錢嗎？要換多少？」

見久沒回應，工讀生抬起頭來，她遲疑的看了范柏軒一陣子，忽然變成一副「原來是你這個傢伙」的表情。

「那個……有件事情很無厘頭，但我是真誠的想請你幫忙。」范柏軒口氣囁嚅畏縮。

「幹什麼？」

「我有幾道數學題目，可以請教你嗎？」范柏軒將數學考卷放在櫃台上。

工讀生先是一臉莫名又愕然，然後一副好笑的模樣，雙手抱胸向後靠在椅背上，她眼睛直勾勾的瞪著范柏軒，「我為什麼要幫你？你可別跟我說助人為快樂之本的廢話。」

范柏軒吞嚥了一下口水，六神無主的說道：「那做為交換，你教我數學，我也可以教你別的科目。」

此話甫一出口，他自己就先後悔了，那工讀生果然笑了出來，「好啊，那你可以教我哪一科？這樣好了，我正在看一篇英文，你就幫我翻譯吧。」

她拿起桌上的一份英文《學生郵報》放在櫃台上，手指著一個專欄位置讓范柏軒看。

范柏軒的頭皮滾下豆大的汗珠，他感到正面臨騎虎難下的困境。他表情痛苦的看著那篇文章，「題目是『The trip of memory』，中文是旅行的回憶。」

「是回憶之旅，繼續啊。」

范柏軒硬著頭皮念下去：「How wonderful if… I could lose all… memory before…」

「什麼好晚得佛，我還提早升天咧，你的發音可不可以正確一點？」

「你會因為外國人講中文怪腔怪調而嘲笑他嗎？那你為什麼因為我英文發音不正確就嘲笑我呢？」范柏軒想起上午的英文課，短髮女孩講的那番話，「我抗議你這種帶有種族歧視、階級思想的嘲笑。」

工讀生愣了好一下，隨即不甘示弱的反擊：「你神經病啊，嘰哩咕嚕的在胡謅什麼？這句話到底是什麼意思啦？」

「會有多麼美好……假如我能夠輸掉全部……前面的回憶……」

「輸掉？哪裡有輸掉這個字？」

「lose，輸掉或失敗的意思，我前幾天才剛背過，動詞三態是lose、lost、lost……」

「夠了夠了，我幫你寫數學題目吧。」

「真的嗎？」范柏軒喜出望外的笑出來，「但我還沒幫你翻譯完這篇文章。」

「照你這樣結結巴巴、拖拖拉拉，要翻譯到何時啊？」工讀生將考卷拿過來。

等待的時間，范柏軒百般無聊之下，索性拿起英文郵報，繼續看剛剛那篇文章，他喃喃念著：「Memory is the most important and most unimportant thing in the world…回憶是世界上最重要也是最不重要的……」

「不是叫你不用再翻譯了嗎？」工讀生抬起頭來看著范柏軒。

「這句話我很同意，回憶是世界上最重要，同時也是最不重要的東西。」

「是嗎？怎麼說？」

「開心的回憶可以讓人日後想起來還是一樣覺得很開心，甚至是加倍的開心，而不堪的回憶人們卻通常選擇遺忘才能繼續往前走下去，但我絕對不會就此逃避，因為痛苦的回憶也可以警惕自己、化悲憤為力量、鼓勵自己重新再出發。」范柏軒想到自己的境遇，不自覺越說越小聲，並且低下了頭，「逝者已矣，來者可追，過去雖不可改變，但回憶卻可以選擇，過去的，就讓它過去吧。」

此時，櫃台旁邊的電話突然響了，工讀生立即過去接聽，「是……是……好，知道了。」

她很快的就掛上電話，急忙跑出櫃台，對著那些中一中的學生大喊：「你們的教官來了！趕快從後門離開！你們的教官來了！趕快從後門離開！」

那些中一中的學生聞風色變，或急忙抓起書包，全往屋內方向跑去。

范柏軒瞠目結舌的看著眼前的景象，「還有這麼貼心的警報系統，在這打電動的服務也太周到了吧。」

那工讀生回頭向范柏軒說道：「我去幫他們打開後門，你要是沒事就先幫我顧一下櫃台。」

「哦。」范柏軒望著工讀生跑開的背影，怔忡了半晌，心裡漾起一份奇異的激盪，他的腦海一直停留住一個畫面，在工讀生剛剛回過頭來的那一瞬見，范柏軒看見了她的眼角，流下一顆晶瑩的眼淚。

7. 午夜寂寞海灘派對

「這位是侯海青。」蔡嘉昇很紳士的用手勢介紹一個短髮女孩，她的身旁還有一個皮膚白皙的女孩，「另外這一位是張綺。」

「這兩位帥哥是范柏軒、夏天葵。時間不早了，你們就直接在車上認識吧，出發囉！」蔡嘉昇招呼所有人上車。

今晚的英仙座流星雨是年度天文界的盛事，這一陣子新聞媒體全聚焦在上面，夜晚之後馬路上的車潮比平時更多出許多。蔡嘉昇對范柏軒提出的要求就是一起看流星雨，如此率性而為的風格，果然符合蔡嘉昇的作風。至於原本想和徐毓蓁共度今晚的夏天葵，在上周六下午和徐毓蓁出去時，徐毓蓁仍然給了他不明確的答覆，並且推辭掉一起看流星雨的約定。

蔡嘉昇不知哪來的本事去借了一輛車，以及邀請了這兩個女孩，她們也是入德補習班的學生，也租賃在相同宿舍，她們兩人是室友，但范柏軒對她們毫無印象，唯一認得侯海青就是之前向英文老師陳莉嗆聲的那個短髮女孩。在路途上的交談中，大致可知道侯海青的家世顯赫、大有來頭，在政商界頗有份量；張綺則相當內向羞怯，一路上鮮少開口說話。

沿著西濱快速道路往北直行，不久就到達竹南的崎頂，在路邊停好車後，蔡嘉昇領著一行人穿過堤防，眼前馬上就看見長長的一大片白沙灘。

「你怎會知道在這鳥不生蛋的地方有這麼正點的白沙灘？太棒了！」侯海青大聲驚呼，挽著張綺的手往前奔去。

從北國吹來的狂風，在迢迢千里的旅行後，擊向這闃無一人的海灘。范柏軒捧起一把沙石，從掌縫流洩的細沙馬上被強風斜斜吹走，他伸直臂膀迎風而立，寬大的T恤被風灌得鼓脹起來。

「來來來，這裡有報紙，大家拿去墊著坐。」蔡嘉昇殷切的分送報紙給各位，「這油墨雖然髒了點，但總比讓沙子跑進內衣內褲裡來得舒服吧，嘿嘿。」

潮水來回推湧到沙灘上，在稀微的夜光下，這整片沙灘映射出一種靜謐的白光。

「這時候如果能有個營火那就太棒、太夢幻了。」侯海青挨在張綺身旁坐下。

「不行！現在連點個打火機都要格外小心，讓海防署的巡查看到，會以為我們是大陸偷渡客。不過沒關係，雖然沒有火，但有酒。」蔡嘉昇從身後的大背袋裡拿出了許多罐裝的啤酒，「星空漫遊，豈能無酒助興？」

「謝謝，我不會喝酒。」張綺很客氣的婉拒了蔡嘉昇遞過來的啤酒。

「這麼多酒，開酒店吶？」范柏軒拉開了拉環，喝了一口，「又是報紙、又是啤酒的，你總算是來點行的了。」

「還用你多說，要當然就是要professional，現在你也不得不承認我們兩人之間所存在的差距了吧。」蔡嘉昇哈哈的大笑。

夏天葵一接過啤酒後，立即仰頭喝光了一瓶，他拾起腳邊的一片貝殼，喃喃說道：「告白的貝殼，你能否幫忙將我的夢境帶給遠方的伊人？波濤總是擅長擾亂你我相會的日期，其實那也沒有什麼關係，回返的等待已經煮成一鍋黏稠的思念，飲了，便可消化等待的眼神，在海上、在岸邊、在你燈火一併滅去的眉睫。」

「哇！吟詩耶，你太有詩意了吧。」侯海青驚喜的歡呼。

「他是『失意』沒錯，這哪裡是什麼告白的貝殼，明明是之前在這喝酒、吃完下酒菜後的人所留下的白酒蛤蠣。」蔡嘉昇戲謔的吐槽他。

夏天葵迎著台灣海峽颳來的海風，淡淡的說：「我的感情，你們不會了解。」

「怎麼都沒看到流星呢？不是說會有一大群？」侯海青問道。

「那些流星還沒飛到地球上空吧，它們這時候應該還在宇宙中加速前進，耐心慢慢等候囉。」蔡嘉昇雙手枕在腦後，仰天躺下，「這樣躺著看星星很輕鬆哩，你們也試試啊。」

於是所有人排列成梅花輻射狀躺下來，安靜的看著夜空，耳邊全是呼呼的風聲和翻滾的潮聲。范柏軒想起他是第一次像這樣正視著天空，他驚訝發現原來人必須躺著才能真正的看清楚天空，而此時的夜空是一層又一層的紫黑色，彷彿用畫筆一筆筆塗上去的一樣。

「我們來說鬼故事吧，要不要？講得最差的人要懲罰。」蔡嘉昇忽然提議。

「不要，簡直是破壞氣氛，這種時候講鬼故事多殺風景。」侯海青沉吟了一下說道：「既然大家是因為來補習班而相識一場，不如我們就各自說說為什麼想要重考的原因，也當作是別開生面的自我介紹吧，如何？」

「好！贊成，就由我來搶頭香。」蔡嘉昇喜孜孜的率先發言：「國文課本上忘了是誰說過，『讀書是無所為而為的快樂事』，真不知是哪門子的放屁。讀書當然是有目的，古今皆然，古人讀書是為了考取功名、升官發財，現代人拼死拼活讀書不就是為了升學考試上大學，所以我重考就是為了那張薄薄的一片，你幾乎會忘了它的存在……的大學文憑，你們不要笑我膚淺，對！我才不管你們會不會笑我膚淺，笑我只是為了混文憑、混學歷，這個現實社會的遊戲規則定得清清楚楚，我的目標明確，沒有那張文憑，不論做什麼都會叫你吃鱉、不論到哪都會處處碰壁。」

「既然目標明確，你幹嘛都不讀書啊？」范柏軒反駁提問。

「不是不讀書，是比較沒花很多時間讀書。聯考不就只是千方百計要擠進大學裡面，然後在那個天堂裡，你可以自由自在過你想過的生活、做你想做的事情，可是我就覺得奇怪，那些成天說謊的大人老是安慰我們『聯考只是人生中的一個過程而不是全部』，既然這樣，那為什麼不現在就去過你想過的生活、做你想做的事情呢？為什麼要等到以後呢？」

「話都是你在講，你沒聽胡適說『要怎麼收穫，先那麼栽』，沒有犧牲付出，哪來的收穫？」范柏軒說道。

「我的目的就只是那一張文憑，沒必要汲汲營營的死讀書，那種目光如豆的人簡直像白痴，哈！比白痴還差呢，白痴別人跟他說話，他還不一定會聽，哪像那些人，別人跟他講什麼，他們就照做，一點判斷能力也沒有。」

「你是拐彎來罵我囉？」范柏軒笑道。

「我不是說你，我知道你還沒到那種無可救藥的地步，但你的室友余伯維就是，重考了那麼多年，讀不出個所以然來不說，還眼光短淺的以為全天下就只有分數和考試，你不覺得他腦袋秀逗、其實已經發瘋了嗎？」

「余伯維是誰啊？」侯海青問道。

「他是現在和我同寢的室友。」范柏軒腦中浮現出余伯維就著昏暗的檯燈，伏案疾書的模樣。

「是個不講話，只會啃書的怪人，搞不好他的身上裝著發條，一拴緊就開始讀書讀書讀書……」蔡嘉昇揚起譏俏的雙眉，「別提他了，那就換范柏軒你說說你的重考心聲吧，我倒是很期待你會有什麼故事？」

范柏軒沉默半晌，「我有一個雙胞胎哥哥，從小到大考試都是第一名、高中讀第一志願、大學考上國立名校。這一輩子，我不曾贏過他，一直活在他的陰影下，沒有半點自我，我是個徹頭徹尾的輸家，我……我不甘心，我不甘心永遠敗給他。」

「你們是親生兄弟嗎？你剛剛說是雙胞胎哥哥沒錯呀？怎麼聽起來像是有深仇大恨似的？」侯海青不解的提問。

「不就是讀書考試、分數高低這回事嘛，幹嘛那麼斤斤計較呢？而且是跟自己的哥哥有什麼好比的啊？」蔡嘉昇說道。

他們是手足，手與足，如前世牽結的血緣，連著同一條臍帶來到今生，在母親羊水裡浴著相同的體溫，終是人世間一輩子都不會改變的，范柏軒眼眶不禁溫熱了起來，他緩緩啟齒說道：「兩人成績單同時寄來的那天，我真恨不得全家人都患了失憶症，忘記我的存在，因為我簡直無地自容。哥哥的分數夠他睥睨所有的學校，班導師還特地打電話來關切該如何選填志願，爸爸媽媽在電話這邊樂得拍手大笑，而我卻獨自一人爬到頂樓看落日，頂樓的視野很好，沒有高樓大廈的阻擋，落日有種慨歎的淒美。」

「幸好你沒跳下去，這種新聞每年都有。」侯海青說道。

范柏軒苦笑了一下，「我已經忘記當時是否有過這樣的念頭，我只覺得心中充滿無限的悲壯，在這個世界，有誰愛見落馬英雄，只愛見英雄落馬，罷了，罷了！於是我撕碎了成績單，讓它隨風遠颺，隔天就來補習班報到，無論如何，我想要贏一次，哪怕只有一絲絲機會，即使機率渺茫也在所不惜。」

片刻的沉寂後，侯海青說道：「雖然不明白為何你會和哥哥之間產生這樣的競爭，但其實我的處境和你有點類似。」

「我的家境還不錯，發跡於南部，我的叔叔伯伯在地方上算是有頭有臉的人物，我們就是所謂的名門望族吧。我母親是一所中學的老師，當時那個年代，事業有成的父親娶了宜家宜室的母親，符合世俗眼光的期許，想來也是極其自然的了。母親生性嚴肅且保守，動靜之間皆有一定的分寸，是當地出了名的女子典範。我有兩個姊姊，侯海甯、侯海靈，母親對我們的教育更是循規蹈矩，她以自己為標竿，立志把我們訓練為淑女，站著不能駝背、坐著不能翹腿、笑時抿唇掩口、費話不可多說一字，在她面前我是個模範生，在她背後，啊——」侯海青張嘴打了一個好大的哈欠，「算了吧。」

「聽起來，你完全沒有任何重考的理由。」蔡嘉昇說道。

「母親何等精明，很快就識破我的技倆，把我送去貴族寄宿學校，希望能好好陶冶我的性情，但我故意讓成績很難看，搞得她顏面盡失，於是只好把我轉去普通公立學校。然後我過了很長一段自生自滅的生活，我天真的以為她不會再來管束我、我終於脫離魔掌，但我錯了，我根本沒有脫離過他們的擺佈，在我出生的那一刻就注定了。」

「你們這些所謂上流社會的後代，要走的路應該早就被安排好了吧？」蔡嘉昇說道。

「沒錯，兩個姊姊相繼高中畢業後就被送去美國。其實，眾堂兄姐都是一樣的規劃，高中或大學時就送出國外留學，學成後回來安插在家族企業，為將來的接班做日後布局，女生多半被安排與門當戶對的企業財閥的公子小開締結婚姻，藉著攀親帶故的裙帶關係，將家族的影響力更深遠的開枝散葉，擴張出去。」侯海青頓了一下，繼續說道：「也許算命師說得對，我天生反骨叛逆，我痛恨這種既封建又扭曲的人工養殖制度，我滿心亟欲想要掙脫這一切，追求屬於我自己的人生，沒想到母親卻在這時候展現她驚人的包容能力，她說教了一輩子的書，她深切明白人各有志的道理，她願意給我一次為自己證明的機會，那就是考上南部的最高學府，成功大學，只要我能考上成大，她就答應讓我去過自己想要的生活。」

「你媽媽……更正，您的母親，感覺上是一個明事理並且願意尊重人權的教育家，值得敬重。」蔡嘉昇恭維的說道。

「哈，她應該是怕我最後想不開而去尋短吧？但也有可能是她本來就認定我無法達成目標。為了展現決心，我負笈來到台中，離開那個富裕的家，脫離他們的掌控。」

「好！那我們今後就一起熱血的加油打氣、彼此勉勵督促，明年一起考上心目中的志願，讓那些大人通通跌破眼鏡！」蔡嘉昇很豪邁的大笑起來，「接下來就換夏天葵吧。」

夏天葵故意輕咳了幾聲，調整出一種很輕柔的聲音說道：「第一次遇見她，是在高二的補習班，就在水利大樓的十二樓。」

「誰？徐毓蓁？你早就認識她？」蔡嘉昇很訝異的問道。

「徐毓蓁？不就是班上最漂亮的那個女生？你在追她？好強喔，我的天啊。」侯海青睹湊熱鬧的口吻，「我聽說她有一個外號，叫『入德之花』，不少樓上樓下的補習班男生都為之傾心呢。」

「唉唷，不是徐毓蓁啦，我才剛營造出來的羅曼蒂克全給你們搞砸了啦！氣死人了。」

「抱歉抱歉，麻煩你再營造一遍，這次保證中場絕不休息，請繼續。」蔡嘉昇忙賠罪道歉。

夏天葵又裝模作樣的醞釀了一陣子才開口說道：「那是在補習班遇到的隔壁女校同年

級學生，每個星期五的晚上，都是我最期待來臨的時刻。她習慣坐在走道旁邊的位置，於是我總是背著書包，刻意從她身旁走過，同時幻想她所有的眼神皆為我而停留。」

「我們的題目是我為什麼想要重考，不是我為什麼想要談戀愛。」范柏軒故意挖苦。

「高中班導師每次段考後總要耳提面命外加恐嚇我們一番：同學們記得要用功讀書，不要成天想玩、想著要交女朋友，好的學歷、好的工作、好的收入，還怕沒好的對象挑嗎？不要把老師的話當耳邊風，也許你們覺得很無奈，但是誰叫古有明訓：『書中自有黃金屋，書中自有顏如玉』，你們千萬要懂得好自為之啊。最近電視新聞又在報導高中情侶因升學壓力以及感情問題跳樓事件層出不窮，同學們不要以為一跳就一了百了，到陰曹地府一樣有聯考，到時候是牛頭馬面押著你讀書、抓著你去考試，不通過這一關，永遠別想有好日子過……」

眾人早已莞爾，范柏軒說道：「所以你的意思是，當時你壓抑住自己沒有對那女孩採取行動？這跟我認識的夏天葵不像呀，我所認識的夏天葵可是一個愛情至上的玩命之徒，沒在怕的！」

「七月二號聯考後的當天傍晚下起了大雷雨，我在宿舍打包行李準備要撤退，出來便當街吃晚餐的時候竟然看見了她和同學在買鍋貼，當時我們兩個僅隔著不到兩公尺的距離，在那樣的大雨中，我望著她的背影，我好想，我是真的好想直接衝上前去告訴她，我心裡有多麼多麼的喜歡她，這兩年來，她的身影總是讓我魂牽夢縈惦念著，而如今聯考結束了，意味著我們即將各奔東西、人各天涯，這次是真正離別的時刻到了。」夏天葵停緩了一下，並非故意做作而是情緒很投入的說道：「對於我這份心意，她像是什麼都不知道、什麼都不懂，卻徹底擾亂了我的生命。在那大雨中，我流下了眼淚目送她離去，我沒能提起勇氣去跟她說話，聯考考爛了，所以我很自卑，這兩年來我滿腦子都在患得患失的想她，我很難過，我沒有臉面對她。」

聽著夏天葵深情真摯的告白，范柏軒的心情也受到些許感動，「所以你現在這麼樣瘋狂追求徐毓蓁，是為了彌補那份過往無法成就的愛情所留下的遺憾，但你這樣做，不覺得太極端了嗎？」

夏天葵幽幽說道：「我可以接受失敗，但絕對不能忍受遺憾，遺憾所伴隨而來的悔恨和椎心刺痛太難以消受，人生最痛苦莫過於是，所以我重考不僅僅是憑弔那份只存活過在我心底深處的感情，從今以後，我告訴自己要好好把握當下、盡心盡力，不管是任何事情，讀書也好、感情也罷，我都不要再有所遺憾了。」

「可嘉的反省精神，令人激賞動容，希望你能和徐毓蓁有情人終成眷屬，我一向挺你挺到底的，兄弟。」蔡嘉昇用右拳捶著自己的左胸心口處，「那麼剩下最後的壓軸，就是我們的張綺，鏘鏘鏘鏘！」

「我家很窮，住在廢棄的鐵皮貨櫃屋裡，說是家徒四壁一點都不為過。」張綺的語調猶如一條硬梆梆的直線，就像話梗在喉嚨太久，一次全反彈射出，「我爸爸在工地做粗工賺血汗錢，弟弟讀夜校，白天也是四處兼差，媽媽本來還有在家裡做一些家庭代工貼補家用，但後來她罹患癌症，幾乎臥病在床。家裡只有我不用打工，因為我自幼成績還不錯，高中考上了省女中，全家人都把希望寄託在我身上，我的工作就是只要負責專心讀好書。」

張綺繼續說道：「但我壓力好大，好幾次我都跟他們表明停止升學的念頭，我想一起分攤家計，媽媽的病況日趨惡化，家裡的經濟更是雪上加霜，如果我還只顧著一個人讀書，那就太自私了。但爸爸說什麼都不讓我放棄升學，弟弟也很體貼的要我連同他的份一起讀完，媽媽更是殷切期盼，在有生之年能看見家裡出一個大學生，所以我一直在愧疚和罪惡感的煎熬中度日。聯考的最後一個科目考完，我步出考場，走到電話筒前投下硬幣打電話，是工地主任接的，我聽見他用廣播叫爸爸來辦公室接聽電話，那時我已經開始啜泣，爸爸接起電話問我怎麼了，我的第一句話是『爸，對不起，我考糟了。』然後我就再也講不出話來，因為我必須很用力的壓抑自己忍住不哭，為了不讓爸爸察覺異狀，我用手摀住了話筒，但爸爸早聽出來，他忙安慰我說不要緊，他馬上請假來考場接我回家，這下我終於潰堤，無視其他人的異樣眼光，蹲在地上嚎啕大哭起來。」

眾人一陣靜默，張綺的淚水在體內漲潮，淹沒了瞳孔，「媽媽不久後就過世了，在她嚥下最後一口氣前，我來到她跟前，痛哭涕零的頻頻跟她道歉，我太叫她失望了，媽媽告訴我一段金剛經的經文：人生如夢幻泡影，如露如霧亦如電，倘若人生真是一場夢，當下的美好也將永銘於心，夢醒之後更要心存感激，無怨亦無悔。在爸爸承諾一定會讓我重考後，媽媽才安詳的去了。」

張綺鼻頭哽咽著，侯海青伸手和她緊緊相握。

范柏軒長嘆了一口氣：「聯考真是一隻醜陋邪惡的大怪獸，把我們害得好慘，折磨得死去活來。十八年來就只為了打這一場仗，打贏了如何？打輸了又如何？在我目前有限生命之中，有清楚記憶以來，就已經被安排好這一場戰役，我無從選擇，這是時代的洪流，即使妄想中流砥柱也是徒勞、更是枉然，這是大時代的趨勢，不管怎麼力挽狂瀾都是虛幻一場，我終究還是得面對它和經歷它，sad。」

「sad。」夏天葵也說。

「sad。」侯海青也說。

「stupid。」蔡嘉昇搖頭說道：「講得一個比一個還要慘，聯考不就是為了上大學，現在大學錄取率已經比過去高出許多，你們也不是完全落榜考不上，不過是沒考上喜歡的學校而已，卻搞得像世界末日來臨，你們這裡面有讀一中的、女中的，哈，我什麼中都沒有，還不是跟你們一起在這邊和。換個角度想嘛，在大學裡，不管多麼荒唐的夢都可以去追尋和實現，難道你們沒有憧憬過抱著書本，悠閒的走在校園裡，與同學說說笑笑那樣的畫面嗎？我們的目的是要快樂的去讀大學，不是要去打仗，你們只是受限於貧乏的人生歷練、見識淺薄，才會將這麼丁點狀況視如生死之大事。唉，現在跟你們講又有何用？往後的人生還很長、要遭遇的困難還很多，我知道這些話聽起來全是老生常談的狗屁論調，但可確定的是，等過了數年後，當你們再回過頭來看這一切，也都只會一笑置之。」

眾人又陷入了一陣靜默，夏天葵忽然大叫一聲：「有流星！」

所有人全部彈了起來，呼叫著「在哪裡？」「哪裡有流星？」

「一閃而逝，很快，消失在海平線下。」夏天葵指著遠處的大海。

「那我們就去追逐流星吧！」蔡嘉昇高興的大喊，所有人起身一起往浪潮奔去，海水一來一回推湧在他們的腳邊，非常的冰涼。這時風全止息了，變得那麼安靜，安靜得像是遺棄了整個世界，只剩下浪潮，和涉水站定的他們。

「流星雨到底飛到地球上空了沒呀？」蔡嘉昇仰天問道。

「乘願而來的流星，我相信一定會出現的。」夏天葵也仰起頭。

張綺仰望著滿天星斗，溫柔的說道：「每個人都是一顆行星，在各自的軌道上永不停止的運行，就算偏離了原先的軌道，仍然是一直在運行。但每一個人又都希望自己是一顆流星，持續不斷的發光發熱，寧願燃燒殆盡的隕落，也不甘於安靜的在宇宙無止盡的黑暗中化做塵埃灰燼。」

侯海青也跟著仰起頭來，「我們存在於分子微緲與銀河浩瀚之間，或許生命中的行為只是廣博宇宙中極卑微的表現，願我能無謂虛名以及盲目封印的價值標籤，昂然地統帥我自己。」

范柏軒仰望著廣闊無垠的夜空，「既然如此，我們就直接來向天地許願、領受祂的祝禱吧。」

「沒問題，就由我先開始。」蔡嘉昇對著大海呼喊：「蔡嘉昇！明年考上台大！」

「最好是台大啦！」夏天葵調侃著。

「只是許願犯法喔？不然換你啊。」

夏天葵使盡全力對著大海怒吼：「徐毓蓁！我愛你！真的！是真的！」

「靠，你這英雄氣短，兒女情長的傢伙，有比較長進嗎？」蔡嘉昇反擊的回嗆。

「你們別吵，輪到我了。」侯海青握緊雙拳大喊：「侯海青！記得活出你想要的自我！實踐屬於你自己的人生！」

侯海青轉過頭來，「換你嚕，張綺。」

「好。」張綺將雙手搗在嘴邊，對著前方聲嘶力竭的大喊：「希望這一年趕快過去！

聯考趕快結束！」

「范柏軒最後剩下你了，還不講話要什麼酷啊？」蔡嘉昇說道。

范柏軒深吸了一口氣後，對著大海大喊：「范柏軒！永遠不要提早認輸！一定會有耀武揚威的那一天！」

他們五人並肩佇立在海際浪花中，年輕的臉龐煥發著對未來昂揚的期許。一股勁風疾疾吹來，奇異的是這風竟然是從他們的背後方向而來，這陣風拂過他們的身軀，令人恍若置身於大海之上憑虛御風，這風又像是來接載他們的吶喊繼續往前吹送，吹送到無盡深邃的黑暗穹蒼裡。

8. 無盡的野心

「不好意思，讓我來幫您倒酒。」胸前掛有飯店行政頭銜金徽的女經理笑顏極為和悅，右手抓著酒瓶，當要斟好酒時，她的手腕輕靈一轉，傾出瓶口的紅酒立即滑回瓶內，未有半滴濺出，分站在大圓桌兩側的專屬侍者則動作熟嫻的將桌上的珍饈佳餚分配給每一位座上嘉賓。

台中永豐棧麗緻酒店，格局奢華氣派的貴賓室包廂內，此時正觥籌交錯、酣暢淋漓，八位身著體面西裝的男子分別是聯明補習班主任鄒子敬、王啟揚數學補習班主任王啟揚、銳智補習班主任梁述謙、入德補習班主任劉綱、龍城補習班主任高修、華信補習班主任李笛、吳子恆物理教室主任吳子恆以及志儒補習班主任魏國強，他們高談闊論著當前的法律條款、財稅政策、景氣循環、投資炒作……唯獨劉綱沉悶不語，低頭啜飲著杯中紅酒，其他人也彷彿沒看見他似的，恣意暢懷談笑。

台中補教業近年來的勢力消長主要維持在二大三小的架構底下，所謂二大分別是聯明和文新，三小是銳智、龍城和王啟揚數學，其餘規模或大或小的補習班則多常物換星移，雖然幕後的投資金主或老闆算來算去不出那幾個，但檯面上卻頻頻更換包裝，重新掛上不同招牌、師資陣容稍作排列組合的變換，又是一家換湯不換藥的新補習班推出。

補習班聘請的老師立場也相當模糊微妙，他們在台北、桃竹、台中、台南和高雄等主要補習班聚落之間趕課兼職，在此地雖互為敵對陣營，但到了彼地卻又成了同一家補習班的客座師資。由於都在同一個圈子內來來去去，利害衝突的關係交錯牽制，所有人都深諳箇中巧妙的運作關係，因此事事不能有絕對，許多事情能做不能說，即使說了也須留有餘地，不可道破，因為合縱連橫的情勢往往是瞬息萬變的。

「高主任近日要遷移新教室，學生越收越多，座椅空間不敷使用了吧？」鄒子敬向高修舉杯敬酒。

「不不不，純粹是因為原本的教室太老舊，又不符消保法規的檢測，當然要換新地方了。」高修顯得一派輕鬆，「鄒主任近來才是戰績斐然啊，據說貴班今年有兩個學生穩上台大醫科，其他公私立醫科好像也不在少數呀？」

鄒子敬先是莞爾一笑，「都是未經證實的小道消息，我們這一行的總是充滿各式各樣的流言蜚語，尤其每一年到了這個時候，各種謠言紛紛出籠，莫名的傳聞更是滿天飛。」

一旁的魏國強插話了：「聽說高主任仲介政府開發第八期重劃區工程，來回兩頭抽，想必狠撈不少吧？高主任理財有道眾所皆知，您在股市也算是一號人物，又炒地皮、又包工程，怎麼？現在連補教業都已經快沒賺頭了還不肯放過，是存心跟我們所有人過不去？」

高修連忙說道：「豈敢豈敢，魏主任您說笑了。我不過是一名沒沒無聞的市儈商人，賺點蠅頭小利是有，但絕對沒有如您所說的那樣牟取暴利，您太加油添醋了。」高修絲毫不受影響的從容應對，並試圖轉移話題，他對著鄒子敬問道：「話說回來，今天楊主任這樣緊急盛重的召集我們所有人，想必來意不單純吧，難道是與他老人家此番回到台中有關？」

台中補教業的二大分別是由聯明的鄒子敬和文新的陳毅所領軍，但其實幕後的真正老闆是由台北聯明的楊立和台北文新的周告所主持。楊立屹立在補教業已經長達超過四十年，由周告所創立的文新是近年來迅速竄起，規模壯盛的一股新勢力，兩家補習班在全省北中南早已經砍得刀刀見骨。這兩年來在全國補教業最具指標性意義的台北南陽街這塊戰場上，文新氣勢如虹、勢如破竹，縱然聯明靠著過去長年所累積的雄厚實力，表面上得以和文新旗鼓相當的對峙，但瞭解實際內情的人士都知道，聯明的局勢已經節節敗退。為了鞏固後方的陣腳，楊立決定暫時屏棄台北的主戰場，退而其次先穩固住全國補教業第二大經濟規模的台中地區。

面對高修意味深藏的眼神，鄒子敬不疾不徐說道：「高主任您多慮了，今天的聚會是由本人所發起，純粹只是廣邀各位同業來為楊主任接風洗塵，順便讓大家聯誼交流、熱絡熱絡。」

這時，飯店的行政經理低頭在鄒子敬耳邊說了幾句話，鄒子敬站起身來向其他人說道：「楊主任到了，先失陪一下。」隨即與經理步出包廂外。

高修舉起盛有紅酒的高腳杯，停在眼前端詳，魏國強湊近身子，不懷好意的低聲笑問：「依高主任您所見，目前在台中，聯明和文新雙方的實力比數為何？」

「目前似乎還是聯明佔點上風，不過那是因為把我們的補習班都歸附到聯明的陣營底下，而這就是值得深思玩味的巧妙之處，難怪那隻老狐狸一到台中就這樣殫心竭慮的馬上要集合我們，想必是要玩弄動員組織的技倆，整合所有補習班的實力為他所用。」高修瞇起眼來注視著紅酒與空氣的交界處，嘴角泛起一陣笑意，「楊立這個大當家的親自回來搶奪地盤，意味著鄒子敬這個二當家的實權削弱，無形之中關係就尷尬矛盾，看來不只是聯明、文新將為台中補教業掀起一場兩大霸權的戰爭，在此其中的權力更迭也會為這場大戰增添詭譎的未知變數也說不定。」

包廂外走廊盡頭處的電梯門打開，一位穿扮優雅的電梯小姐率先走出站在電梯口，雙手合掌貼在裙上，畢恭畢敬的彎腰鞠躬，「十六樓到了，祝您用餐愉快。」

鄒子敬早已等候在電梯口，態度相當的恭謹，身著灰白色西裝的老者，步履沉緩穩健的走出電梯，他的鬢髮皓然，連眉毛也是銀灰色的蒼白。

「主任，這邊請。」鄒子敬微彎著腰，以右手擺出迎請的手勢。

電梯小姐待楊立走開幾步距離後，朝著他們的背影，同樣恭敬的再一個行禮鞠躬，緩步後退至電梯內。

「劉綱有來吧？」楊立也沒向鄒子敬瞧一眼，自顧自的走在前方。

「是，他有出席今日的飯局，之前電話邀約時並無任何推辭，算是始料未及。」鄒子敬察言觀色的看著楊立的表情，繼續說道：「只不過……文新的陳毅陳主任因為今天另有要事，不克前來……」

楊立停下腳步，轉過身來看著鄒子敬，鄒子敬連忙低下頭表示歉意。楊立緩吁了一口氣，繼續邁步向前，鄒子敬亦快步跟上。走至貴賓室包廂前，鄒子敬趨前將門推開，側立一旁，隨著裝飾精雕細琢的大門開啟，楊立原本不悅的表情卻立時堆滿笑容，眉開眼笑起來。

「不好意思，讓各位久等了。」楊立走至主位，女侍將座椅拉開，楊立舉起事先盛好紅酒的高腳杯，豪邁的說道：「感謝各位百忙之中屈駕前來，在此先敬過了。」

楊立雖然頭髮全白卻精神矍碩，硬朗得不像已逾七十多歲，在座者無不趕緊舉杯還禮。劉綱動作有點僵硬，但仍然跟著拿起杯子，雖然僅是短暫的片刻遲疑，楊立卻全看在眼裡，他不動聲色的抬高酒杯淺呷著酒，眼角一直注意劉綱的表情。

楊立就坐後，鄒子敬才跟著入座，坐在楊立的右手邊。楊立狀似開懷的繼續致辭：「為了幫我洗塵，承蒙各位先生們禮數周到的設宴款待，說句惹人討厭的話，大家還沒把我老頭子給忘了，那我只好厚臉皮的自求老當益壯，凡是補教界的事或是跟大家相關的事，只要能做的，我一定盡一己棉薄之力，以效犬馬之勞，請大家不要客氣，盡量多多利用我這把老骨頭。在此我僅以大口喝酒、大塊吃肉的方式表達衷心的感謝，感謝各位今日的共襄盛舉。」

楊立再次舉杯向眾人敬酒，所有人也高高舉起酒杯回敬。楊立用力的清清喉嚨後說道：「自九十六年以來，國內教改的聲浪不斷，原本教育部秉持著一貫的最高指導原則——以不變應萬變，來應付排山倒海的輿論，這也讓我們專辦重考班的補習班得以獲得些許喘息空間，但政令的鬆綁，也讓國內的新興大專院校如雨後春筍般的不斷冒出，如今我們最大的敵人不是彼此對立的補習班同業，而是這些為了提高就學機會所創立的大學院校，這些廣設的大學正逐年迅速搶走我們的學生來源，而這幾年來的總統大選，主政者為了討好選民的期待，又祭出了創造多元價值的入學方案等口號，可以說我們補教業正面臨到有史以來最巨大的市場危機。」

「此次回來台中，就是期望能和各位先進們一起將所有的資源做全面性的整合，整合出最大的能量和效益，不只是因應民間廣設大學的夾殺，更是希望能藉由推動補習班的轉型，抓緊時機、與時俱進！」由於要營造出這樣的做法乃是時勢所趨，而非任何請託或脅迫，楊立不忘使上客套的社交辭令來加以粉飾。

眾人雖面帶恭敬的頷首認同，但內心盡皆明白楊立只不過是想假藉整合之名，施行操控之實。不論是面對眼前大學錄取率逐年攀升的危機，或是未來補習班經營型態勢必改變的現實，每一個人都想卡到這波潮流上的好位置，楊立和周告更是如此，他們旗下的集團龐大，若能佔得機先，獲利的效應也加倍放大；同樣的若誤判了情勢，即使只是稍有差池的閃失，再如何家大業大也將傾覆瓦解。楊立的觀點是「立足台北，放眼台灣」，在萬不得已的情況下退離台北戰場後，勢必絕對要統整台中的版圖，否則他的時代就會過去。

「那麼，依楊主任所言，是該如何做，才能抓緊時機、與時俱進呢？」王啟揚的表情帶著挑釁，話語中也充滿質詢的意味。

楊立聞言後偏過臉來，對著王啟揚笑道：「原來是最年輕有為的王主任，我在台北就已聽聞過閣下的戰功彪炳，年紀輕輕便已在這麼多老江湖的環伺之下奠定難以撼動的基礎，令人刮目相看，真是英雄出少年！」楊立哈哈的乾笑了幾聲，「不過……近來人才輩出，壓力應該不小吧？」

在場所有人皆聽得出楊立話中之意，但沒人表露出任何感受。王啟揚和劉綱都是數學科的一線名師，難免時常被拿來作比較，且他們兩人都被歸屬為恃才傲物的青壯派教師，瑜亮情結其來有自，只不過相較於王啟揚性喜鋒芒畢露，劉綱走的則是低調沉穩路線。然而在如今大有山雨欲來之勢的台中補教業，劉綱卻成了舉足輕重的關鍵性角色，一方面是因為他的辦學相當誠篤守份，與其他同業誇而不實的手法大相逕庭，這為他在學生族群中招徠極高聲譽；另一方面是他教學上的實力有目共睹，是各大補習班亟欲拉攏結盟的對象，其中包括文新的周告。

王啟揚看得出楊立一直在偷偷觀察劉綱，因此王啟揚的表情更是漲滿著不可一世的傲慢，「在座諸位都是本人的先賢前輩，各有看家本領自不必多說，然而……」他說到此處稍微停頓，「究竟有無真材實料真本事一時之間看不出來，光憑嘴巴上說多有能耐……恐怕還是得先經得起考驗再說才有用。」

所有人都明白王啟揚意有所指，楊立露出猶如得逞般的笑容，對著劉綱說道：「劉老師，」他刻意將「老師」二字加強重音語氣，「您的這頓飯……看來，不好吃啊。」

劉綱霍然站起身來，「不好吃就不要吃！」隨即走出包廂門外。

劉綱一邊走在筆直的走廊，一邊扯去頸間的領帶，他的後方傳來楊立的高聲咆哮：

「劉綱！站住！」

劉綱轉過身來與楊立迎面對峙，楊立說道：「劉綱，你不要敬酒不吃吃罰酒，我百般對你釋出善意，你卻仍然一意孤行，自立門戶，創辦入德補習班，與我作對到底，現在連我的場子都直接甩門離席，你眼中還有我這個當初帶你入門的恩師沒有？」

「首先，你也承認我自立門戶，那麼請你尊稱我一聲主任，創立補習班是我個人意志上的自由，有實力者誰都可以開設自己的補習班。再者，你並不是我的什麼恩師，你只是我過去曾經的老闆，不要把自己膨脹得太偉大。」身高超過一百八十公分的堂堂身軀，炯炯有神的眼睛迸出精光，在楊立面前的劉綱散發出桀驁不遜的極度自信，是個絕對讓人唬不倒的青壯派補習班主任。

楊立眉毛倏然一跳，面露慍色，「虧你已經在這一行打滾多年，還在說這種初出茅廬的渾小子才會說的傻話，這一行比的不是實力，而是比誰的口袋深、比誰的那口氣長。學生需要的不是教書匠，他們和盲目的社會群眾一樣，跟隨的是偶像明星！檯面上哪個王牌名師不是靠包裝出來的，別忘了，如果沒有我這識千里馬的伯樂提供給你發揮的舞台，你以為你能有今天一起坐在那張桌子上吃飯的資格嗎？」

楊立繼續說道：「好，姑且不論你格調有多清高，實力有多堅強，我一直誠心想邀你來幫忙，你為何就是不肯配合？你也知道現在大環境對於重考班的經營越來越不利，整合大家的資源不都是為了能夠引領出不同的風潮、帶動嶄新的格局嗎？」

劉綱肩膀怒聳，「夠了！你別再說了！荒謬至極，從頭到尾、從剛剛在裡面直到現在在外面，除了滿口的資源分配、利益分贓，我沒有聽到一句話是真正與學生的權益或教學品質有相關，說穿了你只是想要化身為權力支配的中心，將一切視為你能夠主宰的一己之所有物，滿足你個人無盡的野心和慾望！枉費你還是教育背景出身的學者，簡直是恬不知恥！」

「住口！我楊立縱橫台灣補教業四十餘載，哪一家補習班裡面沒有我的徒子徒孫、得意門生？就連你也是經過我一手所打造出來，注意你現在講話的口氣和態度！」

「是嗎？那可真是不好意思，恕我失禮，在這裡先向您老人家告辭了。」說罷，劉綱轉身揚長而去。

楊立看著劉綱的背影消失在電梯門後，花白的眉毛和細長的雙眼已經浮現出陰狠之色，他咬牙切齒的一字一字唸著：「劉綱！」

中篇

不管你會不會，答案並不重要。我只是想讓你知道大部分的時間，我們過著怎麼樣的生活而已。更精確的說，這些對你來說也許不痛不癢的事情，就是我們最重要的一切。而我們的生活，是過完那些重要的一切之後，剩下來的。

——侯文詠《危險心靈》

9. 狗的寂寞

晚上十點半，范柏軒走出水利大樓門口，十一月的夜晚，氣溫已有相當的涼意。走沒幾步，後面傳來蔡嘉昇的聲音：「嗨！范柏軒，終於下課啦？」

范柏軒回頭撇了一眼蔡嘉昇，他背後著背著撞球杆的袋子，想必是剛從彈子房出來或是正要去光顧吧，范柏軒虛應了一聲，繼續往前走。

「『機關槍』真是太搞不清楚狀況了，每次都利用晚上的時間補充中國文化基本教材，只是基本教材卻被他教得一點都不基本，什麼段玉裁的說文解字注？這有什麼好教的真搞不懂？我們又不是將來要去讀中文系，論語隨便講一講不就好了嘛，真是……」

機關槍是國文老師程濤的外號，因為講話速度非常之快，被學生私下取個外號叫機關槍，是一個博學多聞的大學退休教授，平時上課還會帶一把檀香扇，一邊吟詩弄詞，一邊輕搖綸扇。他不僅講話快，並且綿綿不絕，常常課堂上講不完教學內容，只好另行安排晚上時間繼續補課。

眼見范柏軒沒有搭理且自顧自走著，蔡嘉昇對他喊道：「喂！要不要一塊去大排檔吃屏東滷味呀？」

范柏軒舉起手來搖了搖，腳步絲毫沒有停下，蔡嘉昇又大喊：「范柏軒，你真的要這麼固執嗎？難道只有一直讀書、考試、讀書、考試、讀書、考試……如此上大學又有什麼意義呢？你為什麼要讓自己活得這麼不開心、不痛快呢？」

范柏軒回過身來，「那是因為我跟你的人生觀不一樣，關於我的人生觀，等我有空再跟你慢慢解釋，明天還有數學週考，現在我要趕緊回去K書了。我也奉勸你，既然決定要重考，就多花點時間在書本上，盡量考個好一點的學校，也才對得起昂貴的補習費和你花費在這裡的寶貴時光，別只會老是把自己不屑淪為分數的奴隸，功利的僕人……之類的說辭拿來充當好逸惡勞的藉口。」

「我的人生觀就是，並不是要怎麼做才能夠快樂，而是不論怎麼做都會快樂，明年不管考上什麼學校，我都會很開心。」

「很好，人各有志，恭喜你囉。」范柏軒轉身繼續走去。

「你是被復仇的意志所驅動而來重考的。」蔡嘉昇冷不防的丟出這一句話。

范柏軒停下腳步，再度回過身來。

「不論讓你考上任何學校，你都不會快樂，因為你充滿了仇恨，充滿對你那個雙胞胎哥哥的憤怒和忌妒的仇恨。你以為過著苦行僧般的生活，老天爺就會給你對等的回報，其實你只不過是以自虐的方式在採取報復，這樣來重考的你才是在浪費時間，因為你的最終目的不是重考大學，而是滿腦子想著如何打倒你哥哥。」

范柏軒內心瞬時翻湧，他想立即反唇相譏予以回擊，怎能夠被蔡嘉昇這樣一個草包的腳色指正得啞口無言呢？但他確實無言以對，沒錯，他從小就不愛讀書，一路長大看著范柏瑋總是名列前茅的成績，和父母親引以為傲的表情，更讓他直覺的對於「萬般皆下品，唯有讀書高」這樣迂腐的觀念嗤之以鼻。重考，是為了證明自己不會輸給范柏瑋。

蔡嘉昇繼續說道：「透過仇恨所燃燒出來的決心，就算你考上台大醫學系，贏了你哥哥，之後呢？你還是無法獲得快樂，因為仇恨帶來憤怒，而憤怒帶來毀滅。」

「快樂、快樂、快樂！我就是不想像你成天把快樂掛在嘴邊，耽溺於享樂之中。我相信努力就能有收穫，辛苦終會有回報，要跳高之前必須先蹲低，想要跳得越高就必須先蹲得越低，這就是我的人生觀，有誰能說我走的路不對呢？」范柏軒簡直已經氣急敗壞。

蔡嘉昇雙手插進牛仔褲口袋裡，故作瀟灑的轉身，「很好，人各有志，恭喜你囉。」

范柏軒看著他離去的身影，克制住自己跳上前去痛扁他一頓的衝動。范柏軒仰起頭來望著水利大樓，夜晚中的水利大樓還燈火通明，每一層樓的玻璃窗上，五顏六色掛著各家補習班名師的看板，他覺得一陣眼花，無力的低下頭來，長嘆了一口氣，拖著疲倦的軀體走到TCC廣場邊的大理石花圃坐下。

望著眼前空蕩蕩的籃球架，范柏軒想起了過去那段辛苦練球的日子，當時追求的是什麼？而自己現在執著的又是什麼？真的被蔡嘉昇給說中了嗎？原來自己內心充滿著對於范柏瑋的仇恨，並且是憤怒和忌妒的憎恨，他不禁喃喃自語起來：「我真的錯了嗎？我這麼做到底是對還是錯？」

不遠處一個身影緩慢走過來，是一個長髮女孩，那女孩走近後，認出了范柏軒，「欸！你在幹嘛？」

范柏軒恍神的轉頭看著她，有點面熟……想起來了，是電玩遊戲店「新人類」的工讀生，只見她腳邊還有一隻毛茸茸像一坨小球似的短鼻子小狗。

「哦，晚安，你好……」范柏軒還沒從剛剛的情緒裡抽離出來。

「你那麼專注的在看什麼呀？現在有人在打籃球嗎？還是……其實你看得見？」工讀生一臉促狹的表情。

「少無聊了，我是很認真嚴肅的在思考人生的意義。」

「你真的是一個很奇怪的人耶，每一次見面，你總是做一些讓我匪夷所思的事情。」

范柏軒看著不斷神經質的在工讀生腳跟邊鑽來鑽去的那隻小狗，感到相當的滑稽有趣，「是你養的狗？」

「嗯……不算是，是我朋友的狗，怎麼樣？很可愛吧，他名字叫土豆，這種狗叫約克夏。」工讀生開始逗弄著牠，只要她故意走開幾步，土豆就會很慌張激動的趕緊追逐她的腳跟，「牠很好玩、很討人開心吧？不管走到哪？牠都會緊緊跟隨，生怕被我遺棄。」

范柏軒也被土豆逗趣的模樣給逗笑了，「很可愛的狗，好像玩具一樣，我可以摸摸牠嗎？」

工讀生蹲下來將土豆抱在懷裡，坐到范柏軒身旁，「只要有人想摸牠，牠就會跑開，你就趁我抱牠的時候才能摸牠囉。」

范柏軒伸手去摸土豆，土豆非常抗拒的一直往工讀生的懷裡鑽。

「牠很黏你，真的不是你養的狗嗎？」

工讀生沉吟半晌，幽幽說道：「是我最要好的朋友養的狗，所以才跟我特別投緣吧。」

「狗的人生觀一定很簡單，只要討主人歡心就行了。」范柏軒有感而發的說道。

「所以你剛剛是真的在思考人生意義啊？」

「不久之前的模擬考，作文也是諸如此類的題目，我很八股的寫著：健健康康、堂堂正正的活著就是對人類的一種貢獻，不要誤入歧途、危害社會，就是對國家的一種貢獻……但其實所謂的人生意義在於實在沒有意義，卻還要假積極，也許生活的目的根本無聊得要命，卻還要找尋各種理由活下去。」

「人生意義，的確是很撲朔迷離的議題呀。」工讀生抓起土豆的兩隻短腿，湊近臉來和牠玩，「但那又何妨？或許我們就像莊周口中的那翩翩蝴蝶，做著只有自己知道的事，時而感動，時而孤寂，時而不如意還要高唱『明朝散髮弄扁舟』。所以人生的意義是什麼？在我看來，人生的意義就是去做自己想做的事以及會讓自己開心的事。」

「見鬼了，竟然跟蔡嘉昇那傢伙的論調如出一轍。」范柏軒在心裡頭不是滋味的咒罵了一聲。

「別想太多，其實你自己也知道，一切煩惱都是自己去妄想出來的，當你的思維之中從不認為這個問題是一個困擾時，它就從來不會是一個存在的問題，所有的念頭都只存乎一心而已。」

「原來做人還要顧慮到這麼多形而上的哲學邏輯，真是麻煩，搞不好做隻狗都還比較簡單。」范柏軒又伸出手去摸土豆，「你是幫朋友遛狗嗎？她幹嘛不自己出來遛呢？」

「你知道狗是很寂寞的嗎？就跟人一樣。」工讀生低垂著臉，用很憐惜的口吻說道：「每每在深覺寂寞的時候，就去趕一趟夜市的人潮，聽一回自己和眾生相同的心跳，一切的挫敗哀傷都可以找到很好的理由掩埋。但狗不同，狗的寂寞很容易打發。」

「狗和人一樣都是寂寞的……但狗和人不一樣，狗的寂寞很容易打發……這句話的後面，應該還有下一句話嗎？」范柏軒低頭想了一下，覺得她講話有些不知所云的語無倫次，但今晚的她異常溫柔，和先前的形象相去甚遠，是因為這隻狗的關係嗎？范柏軒迎著晚風，心情也隨之飄逸了起來。

「你是在這裡面重考的學生吧？」工讀生把土豆放到地上，土豆很激動的一直在她的兩腳跟之間鑽來鑽去。

「是啊。」范柏軒回答得很洩氣，伸手指著水利大樓，「那裡就是我的座位，教室的西邊，每天早上我都從上面看著下面人來人往，下午就看著遠方的夕陽餘暉，我就像是一個戍守邊防的把關將軍，把守著這一份位處教室內與教室外不同世界的過渡色彩。」

「呵，荒涼而又浪漫的西半壁，我的座位也靠西邊，我也喜歡生活在邊境的感覺。其實會選擇這樣的座位和人格有密切的關係，若干心理學家認為會揀靠門靠窗座位的人，潛意識或習性必是投機取巧的。」

「真是這樣嗎？你聽誰講的？有什麼依據沒有？」

「是土豆的主人跟我說的。」工讀生表情很不捨的彎下身去摸土豆。

「這隻狗的主人住孔廟那邊，我得先帶牠回去。」范柏軒看了一下手錶，「時間這麼晚了，我要趕快回去才行。你住哪？」

「還算順路，我送你一程吧。」

他們兩人並肩走在雙十路上，一邊是台中一中的圍牆，一邊是台中體育學院的圍牆，一路上工讀生一直逗弄著土豆玩，玩著你追我跑的遊戲。

「欸，我們見過三次面，還不知道彼此怎麼稱呼，我叫范柏軒，你呢？」

「我叫柯家婕，你叫我柯老大就行了。」

「老大？憑什麼？」

「我從國小就參加田徑隊，是台中市高中女子四百公尺中距離跑的記錄保持人，所以大家都叫我老大。」

「唬爛的吧？我看你一副嬌滴滴的模樣。」范柏軒基於曾經是籃球隊運動員特有的優越感，對柯家婕提出質疑。

「你若不信，我們就找一天PK一場，怎麼樣？」

「那有什麼問題！功課棒、體育強，沒道理所有的好處都讓你給贏走。」范柏軒相當不以為然的口吻，「你是在校的學生嗎？還是逃家翹課的中輟生？」

「我目前就讀台中女中三年級……是中輟生嗎？一半一半吧。你想問我為何大白天還在電玩遊戲店打工是嗎？我已經快半年沒去學校上課了，現在的情況……算是翹家逃學中，在新人類打工是因為工作內容很輕鬆，我可以讀自己的書，時薪也比一般時下的工讀待遇優渥，而且重點是在那種地方出入，絕對不會遇見學校的同學或朋友，可避免許多不必要的麻煩。」

「真是太不公平了，逃學翹課的你成績頂呱呱，我這樣拼命讀書，卻在重考班裡做垂死掙扎，這個世界到底是怎麼了？」

「世上沒有公平不公平的，否則剛剛路邊那個撿紙箱的拾荒老人怎麼辦？你如果是他的孫子，那你不就要去撞牆跳樓了？」

范柏軒想起她和范柏瑋都是高高在上的既得利益者，因此才能如此輕鬆的說著風涼話，他心中掠過一絲不快，「就因為是這樣，所以我不想認輸，我不想要當一個輸家，永遠輸給別人。」

「不論你有多麼心不甘、情不願都沒有用，你有權利選擇的前提是，你必須要有相對等的條件，才能說你想要或是你不想要。在自己不具備這些條件之前，你只會覺得為什麼是這樣？為什麼事實會是這樣的不如己意。」

「是啊，不管有多不公平、多不如意，還是只能雲淡風輕的笑笑說：這就是人生啊！」范柏軒一臉苦瓜似的笑著。

柯家婕板起臉孔，「你別刻意扭曲我話中的意思，你有權利選擇的前提是，你必須要有相對等的條件，所謂相對等的條件，並不完全是指得天獨厚的那種與生俱來便擁有的優勢，大可是後天努力去創造出來的成果，看清楚自己適合的屬性，你就會知道如何去為自己的未來做準備，遠遠勝過在這裡憤世嫉俗的抱怨自己是有多麼的不如意和不得志！」

稍早和蔡嘉昇對話完的那股怒氣又再度襲捲到范柏軒的心頭上，他正要開口加以反擊時，後方傳來一個聲音：「范柏軒！」

范柏軒和柯家婕同時回過身去，是侯海青，她一臉惡狠狠的模樣朝他們用力的走來，她身著一套相當俏麗高貴的裝扮，但在這樣夜晚的大馬路上卻有著一種時空錯亂的衝突感，就像一名在熱門音樂中唱平劇的怪物。

「你穿這什麼戲服啊？」范柏軒上下打量著侯海青。

「不識貨的傢伙，這可是義大利名牌『要罵你』！」侯海青伸出右手食指對著他們兩人指指點點，「說！你們小倆口是不是在拍拖？我可是警告你們別在大馬路上吵架喔，拉拉扯扯的難看啊。」

范柏軒和柯家婕對看了一眼，范柏軒覺得事態有些不對勁，果然侯海青瞬間整個人軟了下去，范柏軒急忙衝上前去抱住她，一股濃厚的酒味撲鼻上來，然後是一種酸臭的噁心味，隨即而來的是下體感到一陣濕熱的溫暖，范柏軒慢慢推開懷裡侯海青的身體，只見一灘黏滑的嘔吐物，就落在他的褲檔上。

10. 版圖

「在五月底前，我已經把這本數學講義從頭到尾演算過三遍，另外，各科目的近十年歷屆考題全要做得滾瓜爛熟，英文更是每天至少花一個小時聽ＩＣＲＴ和空中英語教室……」講台上的汪志全講得口沫橫飛，洋洋自得，「我從不熬夜，規律的早睡早起讓我有充足的體力專心好好讀書，週末的下午我都會去操場慢跑，流流汗、促進新陳代謝，增強抵抗力、鍛練體能，要知道，準備聯考是一場長期抗戰，一定要有強健的體魄才足以應付……」

范柏軒望出窗外發起獃來，今天的學長姐經驗分享，請來的是考上陽明醫學系的汪志全，他去年本來就已經考上交大電信，重考對於實力堅強的他，確實是如虎添翼。夏天葵的紙條又傳過來了，范柏軒今天對於幫忙傳紙條顯然不若以往反感，大概是因為汪志全的分享內容實在太俗不可耐了。

「我現在要約她聖誕節去東海大學的舞會。」夏天葵挺身將臉湊到范柏軒的後腦悄悄說著。

不久後，徐毓蓁回覆了。

「她說好，應該沒問題。」夏天葵同樣單向的對著范柏軒回報。

「我約她今晚一起去K書中心讀書。」紙條又來了。

「她說可以，但要等到七點半，她要先回家洗澡再出門，嘻嘻。」

「我問她到底喜歡什麼樣的男孩子？」

「她說她討厭男生講話很S，就是拐彎抹角的意思啦，這你應該懂吧？」

「預祝各位學弟妹明年都能金榜題名、獲得佳績，考取心目中的第一志願，祝福各位！」汪志全慷慨激昂的演說完畢。

按照慣例，沒有掌聲，劉綱走上講台，從汪志全手中接過麥克風，以沉穩的口氣說道：「謝謝汪志全同學帶來相當精闢的分享，汪同學的成績本來就已經在一般水準之上，再經過一年的苦讀，顯然又讓他更上一層樓，能以出類拔萃的成績考上國立大學醫學系，可說是實至名歸。接下來還有一位王儀洵同學，王同學去年落榜，可是經過一年的刻苦努力之後，今年考上了師範學院，表現可圈可點，精神十分可取，值得各位借鏡，相信大家都很期待她的分享。」

一個身材纖瘦，五官眉清目秀的女孩走上講台，王儀洵很客氣的先向台下學生微微點頭致意，「各位學弟妹們好，我叫王儀洵，今年考上台南師院的幼教系，其實我原本功課很差，高中三年過得渾渾噩噩，原本也只是想能有個學校隨便念念就好，但聯考結果竟然會落榜倒是始料未及，我整個人完全喪失勇氣和任何所有的自信。」

王儀洵講話速度很規律，抑揚頓挫非常流暢，「報名入德補習班之後，我就住進補習班的宿舍了。我每天都躲在宿舍讀書，可是成績一直沒有起色，我知道過去三年自己並沒有努力過，現在必須付出更多更大的代價才能彌補回來，所以我也只能咬牙苦撐，希望能有撥雲見日的那一天到來。」

「可是那一天一直沒有來、一直沒有來，即使已經到了下學期，我的成績還是未見起色，中間的過程我失落過無數次，真的，本來就成績欠佳的我，空白了三年後，妄想要一年內扭轉奇蹟，但這簡直是不可能的任務，我太高估老天爺對我的眷顧了。」王儀洵口氣有一點點起伏了，「終於，在考前三個月，我崩潰了，我被徹底的絕望給打敗。常常半夜醒來一坐到天亮，快要到上課的時間，又鑽進被窩蒙頭大睡，我也常常走到水利大樓門口，又突然背了書包折回來。常有同學問我為什麼老是翹課？或者是翹課之後都做些什麼？說老實話，翹課之後我也沒做什麼，更別提是否上圖書館念書了，我常常是乾坐一整天的書桌，或者閒逛一整天的市區，但是日子過得絲毫沒有任何揮霍的快意，隨著聯考的逼近，只是讓我更加的心慌無助，情況越加的糟糕。」

「有一天，在我的寢室門板上，貼了一張便利紙條，上面寫著：加油加油再加油！我知道你可以辦到的。沒有任何的署名，只有短短的寥寥數語。之後每隔兩三天，我的門口都會被貼上相同顏色的便利紙條，內容都是不斷為我加油打氣的話語。」王儀洵紅了眼眶，「我不知道是誰寫的紙條？但我又開始恢復面對的勇氣，重拾了書本。在最後衝刺的那段日子裡，那個人的紙條從未間斷過，不間斷的鼓勵著我，讓我有再多堅持一天的毅力。」

王儀洵伸手楷去眼角的淚水，「聯考前一天，我又收到他的紙條，上面寫著：聯考在即，我想告訴你的最後一句話是——開拓自己的版圖，我知道你是大有可為的，祝你考試順利，金榜題名。」

王儀洵這時已潸然落淚，「知道這是最後一張紙條的當下，我告訴自己一定要堅持住，我一定要挺過去，不能夠在這時有半點悲傷難過，否則就會前功盡棄，雖然我始終不知道他到底是誰，但是我絕對不能叫他失望，是他幫助我支撐到最後一刻的……」

「今天的分享結束！」劉綱硬生生的打斷王儀洵的發言，並且已走上講台從她手中拿過麥克風，「這堂課上到這裡，同學們自行下課。」

劉綱轉過身來對著錯愕的王儀洵，非常不悅的說道：「請別對他們說這些風花雪月的故事，這些重考生都還是性情衝動的年輕人，心志把持不定，他們現在需要的就只有好好專心讀書，而不是去瞎搞這些浪漫淒美的蠢事！」

◇　◇　◇

傍晚，范柏軒和張綺坐在水利大樓後方的吃麵好小吃店吃晚餐。

「謝謝你上次幫忙把海青送回來，知道她又跑出去喝酒，我也很擔心。」張綺很拘謹的說道。

「她幹嘛跑出去喝那麼醉啊？而且還買了那麼名貴的衣服？」

「她老是這樣，只要跟家裡鬧翻了，一不開心就開始瘋狂血拼，還會跑去夜店喝得酩酊大醉，三更半夜才回來。說什麼卡照刷，舞照跳，生活開心最重要，反正錢對她來說就像金山銀山，永遠都花不完。」

「真是名符其實的千金大小姐啊，但她有什麼好不開心的呢？母親不也答應給她一次重考的機會證明自己？」

「母親這關是過了，但父親那關還沒過。她的父親完全無法接受自己的小孩竟然來重考班報到。這次下了十二道金牌要押她回去，所以她這段時間都沒心情來上課了。」

「原來如此，難怪好一陣子沒見到她。過了母親那關還有父親這關，過了父親這關搞不好還有爺爺奶奶那關？關關難過關關過，也只能祝福她了。」范柏軒挾起一大口麵吃將起來。

這時，蔡嘉昇和夏天葵一起走了進來，「哈囉！你們兩個偷偷躲在這裡約會呀。」蔡嘉昇自以為幽默的說道。

「你可別亂講話，范柏軒早就名草有主囉。」夏天葵搶著接話，「從以前就一直反對我交女友，原來自己都偷偷來，根本是道貌岸然的偽君子。說！對方究竟何人？還不速速報上名來？」

蔡嘉昇坐到張綺旁邊，用手肘推了推她，「嚇到了唄？有聽侯海青提起過吧？我們家柏軒也是有喜歡的人唷。」蔡嘉昇故意偏過臉去，用手摀著嘴，「兩人還在大馬路上發生爭執哩。」

張綺用禮貌的淡淡微笑回應了一下蔡嘉昇，范柏軒則是根本懶得解釋，繼續低頭吃麵。

「今天麥當勞還是人多的跟什麼一樣，要買隻小貓咪真的有這麼難嗎？我想是有的。」這陣子麥當勞推出買主餐可加購限量Hello Kitty的活動，造成社會上一股搶購旋風，夏天葵也想趕搭這股熱潮，買最熱門的限定款送給徐毓蓁，討她歡心。

「不是我愛講，一隻貓！一隻貓而已耶！拜託，一隻貓能見證什麼『碗糕』愛情？愛說笑。」范柏軒不改一貫的冷言冷語，「而且設計好奇怪，沒有嘴巴，身材又水腫。」

「就是沒有嘴巴才可愛呀，你難過時，他看起來也一起難過，你高興時他看起來也很高興。」夏天葵極力捍衛辯駁。

「騙誰呀，又不是妖怪才說沒嘴巴，小叮噹雖然沒耳朵，可是人家有四度空間袋。」范柏軒依舊毫不留情的批評，「沒嘴巴也不見得有可愛到哪去啊，看過來看過去，還不是全都一個樣。」

「是啊是啊，人家現在就是不喜歡貓，人家現在就是喜歡狗嘛！」蔡嘉昇故意見縫插針。

「想知道我是如何再度從徐毓蓁那邊敗部復活的嗎？答案是從網路交換留言開始的，只要到交友網站上申請帳號，上傳照片就可以了，而且還可以看累積的人氣指數唷。」夏天葵興致勃勃的說道。

「說到網路交友的技倆呀，我老早玩到膩了。」蔡嘉昇相當自負的表情，「我一直不敢把自己玉樹臨風、風靡幾許萬千少女的照片放上去，深怕人氣指數會破表——不，應該說是爆表，唉，雖然曾想過改放別人的照片替代，但這樣一來豈不跟犯罪沒兩樣，只好黯然退出網路交友界。」

「若將閣下那副尊容樣貌的照片放到網路上去，那才是一種犯罪吧。」范柏軒今天炮火四射，「好了，沒空跟你們瞎扯淡，我該回去補習班了。」

「且慢。」夏天葵伸手做出制止的動作，「徐毓蓁的生日快到了，我們還沒討論出具體的作戰計畫。」

「什麼鬼作戰計畫？又干我什麼事？」范柏軒一臉不耐煩。

這次換蔡嘉昇語重心長的說道：「哎喲，上次看完流星雨後，天葵費了好大勁，才慢慢挽回徐毓蓁的心意，我看他這陣子的確也怪可憐的，要準備即將到來的模擬考，又要煞費苦心的應付徐毓蓁那邊，如果要請你幫忙是這麼樣為難你，那你就自動昇華它，當作這是一份寬恕，對！一份博愛的寬恕，你看看今天來分享的王儀洵學姊講的故事多感人啊，就算是素昧謀面的陌生人，也能激發無遠弗屆的愛情魔力，爆發力深不可測，所以你就當成是佛心來著的寬恕，救贖他、放過他、饒了他吧！」

「我看是你放過我、饒了我吧！都什麼時候了，拜託不要再鬧了啦。」范柏軒莫可奈何的說道：「這什麼泡妞的作戰計畫，我是真的不知道能為你們貢獻出任何力量？而且，我還要讀書，書已經讀不完了，ＯＫ？」

無視於范柏軒擺出雙手投降的姿勢，蔡嘉昇自顧的說道：「事到如今，看來我也無法再多加隱瞞，只好揭開塵封許久而不為人知的過往。其實我打從國中就開始摸索關於異性的一切，我雖然不愛讀書，卻知道要能夠隨口背出好幾個名人的墓誌銘來充實內涵，撇開中學時代的風風雨雨不談，大學時代中最刻骨銘心的初戀就發生在大一……」

「那是因為你本來就只有念到大一啊！好了好了，我不管你們到底還想要胡鬧什麼？我是真的要回去晚自習了。」范柏軒背起書包起身。

蔡嘉昇連忙伸手從他的肩頭按下，讓他又坐回椅子上。

「又怎麼了啦？」范柏軒翻了一下白眼，簡直要抓狂。

「長話短說，我現在要提供一招，就是那一千零一招！電影、偶像劇中的老梗，我看大學裡的朋友也使用過無數次，但奇怪的是，女孩子就吃這一套。」蔡嘉昇雀躍興奮了起來，「帶她到海邊散步，然後趁她不注意，將事先鋪好在沙上的蠟油點燃，通常是將蠟油排列成 I love U 或是直接畫個愛心圖案，我沒蓋你們，女生真的就吃這一套。」

「聽起來既熱血又浪漫，散發出青春熾熱的光芒。」夏天葵睜大了眼睛。

「我就說吧！」蔡嘉昇一副老大哥模樣的將雙手橫抱胸前，背部向後靠在椅背上，歪斜著臉，搖頭晃腦的對著張綺問道：「如何?張綺，如果有男生這樣對你，你一定也會樂不思蜀吧？」

張綺露出靦腆矜持的笑容，「我不知道，從沒想過感情這方面的事情。」

「好！就決定採取這一個作戰計畫。」夏天葵面向范柏軒說道：「范柏軒，我不會輸給你的，雖然現在你已經進行式中，但那是因為你偷跑得分，贏得絲毫不光明磊落，我一定會追到徐毓蓁，希望到時候在班上秀恩愛時，別哈死你！」

「哈你媽個頭啦！」范柏軒抓著書包站起身來，「一群瘋子。」

11. 入德之門

鄒子敬走向楊立的辦公室，才在不久之前，自己還坐在那間寬敞氣派的辦公室辦公，現在理所當然必須讓給楊立來使用。一路上遇到的補習班工作人員或學生，都很親切的向他打招呼，顯見鄒子敬不管是在補習班內的人和或者與學生的互動，都相當良好，鄒子敬也很客氣的報以點頭致意，但其實他正滿腹的憂心忡忡。

叩叩叩！鄒子敬輕敲門板，「報告主任，是我鄒子敬。」

「請進。」楊立的聲音從裡面傳來。

鄒子敬推開門走入辦公室內，楊立本來坐在辦公桌上，隨即放下老花眼鏡，站起身來，他招呼鄒子敬坐在招待訪客的沙發上，自己也挪動了身子坐在主位的沙發上。

「如何？梁述謙那邊搞定了吧？」楊立翹起腿來，看著鄒子敬。

鄒子敬坐姿相當端正，「是的，雖然周旋很久，但梁逑謙口頭上已經願意退讓，並且答應今天就會去拜訪劉綱。」

「很好，一切就按照原訂計畫進行。現在我們是在和時間賽跑，還得多偏勞你費心進行。」

自從楊立和劉綱正式撕破臉後，周告就更加大動作的向劉綱招手，在補教界喧騰一時，這讓楊立看在眼裡更加不是滋味，他絕對不能容許劉綱投向周告的陣營，既然無法得到，那就要將之毀滅，楊立打算絕對不會輕易饒過劉綱。

「主任，我還是認為不要動梁逑謙會比較妥當……」鄒子敬有點支吾的說道：「再怎麼說，梁逑謙的銳智補習班是重考班的二大三小之一，具有相當實力和份量，貿然分解掉這樣一家補習班，對後續補教業整體情勢的震盪以及對我方的損失都很難判定和估算，我們是否改找志儒補習班的魏國強，由他那邊下手，趕緊趁現在還來得通知梁逑謙——」

「魏國強和劉綱素無交情，能派得上用場嗎？」楊立態度跋扈的打斷鄒子敬的說話，「我說過，現在是非常時刻，就要採取非常的手段，容不得我們再瞻前顧後！況且局勢早已是前有猛虎、後有餓狼般的凶險，台北那邊，我離開之後所留下的地盤，周告和蔣志堯正在為此捉對廝殺、拼個你死我活，等局勢穩定告一個段落之後，焦點勢必轉移到水利大樓這裡來，他們的人馬和銀彈攻勢屆時就會撲天蓋地的圍聚過來；台中這邊，又有一批以王啟揚為首的不知天高地厚的青壯派正蠢蠢欲動，不知幾時會捅出了什麼亂子？那正好，我們這次拿銳智補習班來開刀，讓所有人了解我們確實握有雄厚的影響力，而非空擁虛名，並且可以藉此主張我們的正當性、彰顯殺一儆百的嚇阻作用，以示效尤！」

早先，文新補習班的周告、聯明補習班的楊立、高勝補習班的宋杰與瀚林補習班的蔣志堯號稱台北南陽街的四大天王，在競爭異常激烈的南陽街把持各自的管道和系統，雄踞一方，獨領風騷，但其中的聯明補習班與高勝補習班乃系出同源，楊立與宋杰更是師出同門，兩人纏鬥十餘年，在楊立大量消耗折損旗下陣營的一線、二線教師和陪葬若干補習班之後，終於鬥倒宋杰，取得高勝補習班最大持股的經營權，但也在尚未來得及整頓收拾殘局、重振聲威之前，被養精蓄銳已久的周告趁虛而入。被逼到必須退守台中，這口怨氣，楊立說什麼都嚥不下去。

「但是二大三小的架構在台中行之有年，在此架構的運行下，各補習班掛牌開業的開開關關不至於造成檯面上和檯面下過大的衝擊，而台中聯明也始終得以在這樣微妙的多方拉鋸之中，佔有居中仲裁的位置，甚或排解發落同業之間的糾紛，也正因為如此，才讓聯明補習班可以坐擁多年台中補教業的龍頭寶座，」鄒子敬不死心的繼續說道：「望請主任三思啊！」

「什麼二大三小的架構？那是台中的架構！不是我的架構！」楊立粗暴的破口大罵，對於必須屈就於此，楊立本來就極度不滿，在他眼中，台中補教業這些烏合之眾不過全是一群必須聽命於己的軟腳蝦，豈有不服膺在他腳下俯首稱臣的道理，「我知道你秉持凡事以和為貴的原則，處事一向以圓滑著稱，頗受地方上同業的擁戴，但是你也要知道，欲成大事者，關鍵時刻手起刀落，只要稍加遲疑，馬上就會遭受敵人的反撲。」

鄒子敬對於楊立不惜耗費這麼大代價的想要對付劉綱，深不以為然，「劉綱之所以為劉綱，就是因為他自恃一身傲骨，絕不向人低頭，但是主任您如何能確保他不會回過頭去找周告，萬一劉綱真的被逼急了，在不得已之下與周告結為同盟，那才是我們最不樂意見到的情況，勢必大大不利於聯明補習班。」

「就是因為跟劉綱硬碰硬行不通，所以我才決定要從梁逑謙下手，計畫推動的時程才會順暢。眼下周告正忙於清理台北的戰場，無暇他顧，所以我們一定要趕緊趁這個時機處料掉劉綱，絕對不能讓他有喘息機會，台中這邊其餘的補習班，量他們也沒本事插手。」楊立陰險的冷笑著。

鄒子敬眼見楊立心意已決，難有轉圜餘地，心頭不禁擔憂起來，「主任，由我來提出以下的建言，或許僭越了該有的身分，但職責所在，若說了什麼不知輕重的話，敬請包涵。」

楊立眼神輕佻的看著鄒子敬，將背靠在沙發上，「你還想說什麼就說吧。」

「拆掉了銳智補習班，再加上後續的入德補習班，兩班的學生逾一千八百人，在能否獲得安置都還是未知數的情況下，等於是要這群學生四處飄盪，最後必定淪為讓補習班之間利用的人頭被轉賣或兜售。一千八百人不是小數目，依我所見，我們不應該為了打擊劉綱就這麼樣的勞師動眾、耗費龐大資源，甚至犧牲廣大學生，太過冒險和蠻幹，實屬不智。」

「鄒子敬，」楊立的口氣相當沉緩，「你是我的嫡傳子弟，又長期擔任我的左右手，難道還不明白嗎？利益，上面是一把割肉的刀，下面是一隻盛血的碗盆，尤其在台灣地小人稠、競爭激烈的補教業裡更是如此，許多荒誕離譜的事件天天都在上演。」

楊立放下交疊的腿，「我知道要處理劉綱和對付周告，都是相當棘手的事情，但既然戰火已經蔓延開來，在明處的敵人大張旗鼓、動作頻頻，在暗處的敵人也正伺機而動、蓄勢待發，那我們更加不能示弱，必須要徹底展開全面反擊！」

看著情緒激昂的楊立，鄒子敬心裡卻想著：這把燎原之火，還不全都因為你一個人的私慾才點燃的……

◇　◇　◇

在劉綱的辦公室裡，氣氛相當的低迷沉重，劉綱和梁沭謙對坐不語，僵持許久了。

「我已經這樣鄭重和低聲下氣的向你請託，你還是無法相信我嗎？劉綱。」梁沭謙表情悲痛。

「不是我不願意伸出援手，而是……」劉綱非常為難的搖著頭，「在這種敏感的時機點，毫無來由的突然爆發出這種事，任憑誰都會認為情況並不單純。」

十多年前，劉綱和梁沭謙兩人一同在楊立旗下的某一間補習班出道，共同經歷從默默無聞的菜鳥教師到獨當一面的補習班主任，算得上有革命的情感，所以梁沭謙也是台中補教業中唯一和劉綱稱得上有交情的。

「我已經再三強調，那都是因為我為你強出頭，若不是我一直站在幫你緩頰的立場上，今天也不會落得被楊立羅織罪名，藉機開鍘的下場。」梁沭謙繼續義憤填膺的說道：「請你想想，不管怎麼說，我銳智補習班好歹也是二大三小之一，在台中補教業絕對佔有一席之地，楊立犯得著故意尋我當誘餌嗎？如果他真想要玩弄惡意關閉補習班的拙劣手法，也應該拿其他的補習班開刀才是！」

由於眾補習班高層的經營人事多有重疊或交叉持股，因此許多大型補習班為了周轉調度資金的缺口，會惡意讓旗下某間特定補習班關閉歇業，當然也常有經營不慎的補習班破產倒閉，當這種情況發生時，最倒楣的莫過於那些已經上門繳費的學生，因為他們將會以一個人頭值多少市場行情的價碼，付錢讓渡給其他肯收納的補習班，而其受教的權益自是毫無保障可言。

「姑且不論在這個事件之中是否包藏任何詭計或陰謀，是有心人士的蓄意推動或純屬偶然，我對入德的學生保證過，不管怎麼樣，我絕對以他們的權益為最大優先考量，如果承接了你的學生，對原來班上學生的權益自是相對的剝奪，這有違我劉綱當初所提出的人格保證，所以我不能答應你，你還是找其他的補習班幫忙吧。」劉綱委婉而斷然的拒絕。

「劉綱，我已經走投無路了！就是因為楊立對我全面封殺，導致其他補習班只能袖手旁觀，你若不念在我們十幾年的老交情，也請你念在我是為了誰而落到這般田地，就算你再怎麼剛正不阿，不顧及任何情分，也請你能高抬貴手，稍微站在人道的立場上想想那些即將無處可去的學生，難道他們的遭遇與你絲毫沒有任何牽連的關係嗎？」梁述謙不死心的繼續勸說。

劉綱嘆了一口氣，低下頭將雙手插進頭髮裡，顯然他正陷入天人交戰之中，原則與情義的鏖戰讓他十分的痛苦。

「兩百名學生，」劉綱掙扎良久後，終於吐出一句話來，「這是我能幫你的最大上限，其他的學生你必須找別人。」

「啊？」梁沭謙蹙著眉頭，「我總共有大約一千兩百名的學生，你卻只肯收留兩百名……請你再多收五百名。」

面對梁沭謙這樣步步進逼的態勢，劉綱怒不可遏的說道：「別得寸進尺的放肆！願意幫你已經是我最大限度的容忍，學生受教權益事關重大，又不像上街買菜，秤斤秤兩的討價還價，成何體統？」

「四百名！總共四百名，請你接收四百名的學生。光是為了張羅這些學生的去處，連日來我已經多方面奔走，四處向人低頭求情，更不惜以賤價賠本出售每一個人頭，你能夠幫我一個是一個，能多救一個是一個，你一向自詡為良心之師，就請你能多盡一份心力，不為了我，也算是為了這些學生，我在這邊向你懇切的拜託！」梁沭謙站起身來，朝劉綱行一個深深的九十度大鞠躬，久久不動。

面對有十幾年交情而又是同期出道的戰友，擺出如此自我降格的低姿態，劉綱的眼睛都不知道要往哪裡放了，猶豫許久，「好，我答應你，就四百個，後續絕對不能再追加。」

梁沭謙抬起頭來，「萬分感謝！」再次低下頭鞠躬一次，當他低頭時，臉上露出一抹極其複雜的表情，究竟是喜是憂，只有他自己能意會了。

送走梁沭謙之後，劉綱步履沉重的在辦公室內來回踱步，他深恐這一切或許會是計劃性的布局、鬥爭的開端，他猛然抬頭一望，辦公桌後方的牆上，掛著一張黑底金字的匾額，是他的補習班掛牌開張那天，台中市教育局長送來的匾額，上頭寫著「入德之門」，他不禁望著那塊匾額發起呆來。

12. 前奏

劉綱拿起辦公桌上的電話筒再撥打了一次梁述謙的手機，還是傳來關機的語音服務提示。

掌管行政庶務的吳姐站在開啟的辦公室門口，用手指敲了敲門板，以示入內，劉綱用眼神瞥了她一眼，繼續逕自撥打電話。

「主任，從銳智補習班移交過來的學生，確切人數是六百三十二人，遠遠超過當初所預期……」吳姐的口氣非常緊張。

「完全聯絡不到梁述謙，不管是他的手機或是家裡電話，全都不通。」劉綱的表情十分嚴肅，陷入沉悶不語的思索中。

「主任，我們現在該怎麼處置這些外來的學生呢？要將多餘的人遣送回去嗎？」

「現在完全聯絡不到梁述謙，銳智補習班也關閉歇業了，要將這些學生送回哪裡？」

吳姐從沒見過劉綱表現出這樣焦慮的模樣，「但是一時之間擠進來這麼多學生，教室座椅的數量不敷使用，尤其他們其中約有七成是自然組的學生，以現有的空間絕對負荷不起。」

「先把自修教室空出來，把他們安頓在那，首要之急是務必使本班的學生照常上課，絕對不能因為此事而遭受波及——」

「主任！主任！」負責班務執行的蘇小姐大喊著飛奔到辦公室門口，「請您快趕緊過來處理，有些外來的學生到處煽動其他人，集結在櫃台前發動抗議，現場非常混亂！」

「什麼？」吳姐驚恐的回頭看著劉綱。

「是職業學生……」劉綱的額頭滾下一大串的汗滴，他最擔憂的情況發生了，門口外傳來陣陣叫囂的咆哮聲。

「主任……」吳姐和蘇小姐齊望向劉綱，劉綱力圖鎮定的坐在辦公椅上，對於門外的吶喊置若罔聞。他定定的看著桌面上，早先梁述謙交給他的那份只有四百名學生員額的名單，他彷彿已經看見前方有一場戰爭就在不遠處等待著他了。

◇　◇　◇

中午用餐時間，范柏軒將吃剩的菜渣倒進廚餘桶，把竹筷放進回收籃，慢條斯理的走向洗手間。

「喂喂喂！范柏軒！」蔡嘉昇在走廊另一端大喊著，范柏軒稍微看了他一眼，繼續走進男廁裡，站在小便斗前小解，蔡嘉昇也進到廁所，走到范柏軒隔壁的小便斗前拉下拉鍊，「怎麼樣？今天的情況你也看見啦，果然讓料事如神的我給說中了，所有的補習班都是一個樣。」

由於銳智補習班過來的學生所造成的騷動和混亂，癱瘓了入德補習班的運作，一整個上午，他們在有組織的策動下，佔據了交誼廳和自然組的上課教室，與補習班的行政人員展開對峙與抗議。

「那又怎樣？你們這些小題大作狂，我看你們跟著瞎起鬨倒也挺high的。」范柏軒右手用力抖了抖，轉身走到洗手台前扭開水龍頭。

「笑死人！劉綱算什麼碗粿名師啊，全天下的烏鴉都是一般黑啦。」

蔡嘉昇也跟著走到洗手台前，他從鏡子裡看著自己左右轉動的臉龐，用手抓著劉海，「為了因應這個危機事件，我們大家已經約好今晚在秘密基地召開緊急會議，你也是相關的與會人員，可記得別缺席了。」

「什麼秘密基地？那是什麼地方？」

蔡嘉昇湊過身子去，用手遮在范柏軒的耳邊，用氣音悄悄說道：「秘密基地就在你的房間。」

「啊？」范柏軒驚恐的轉過身去，「誰允許你們把我的房間當成什麼秘密基地的？」

蔡嘉昇故作可愛俏皮模樣的用雙手捧著自己的臉，「是我想到這個idea的，你說我是不是聰明死了？」

「是啊，你還真他媽的天才。」范柏軒齜牙裂嘴的說道：「我可是在這邊先警告你呀——」

「我現在要趕緊去通知其他秘密成員了。」沒等范柏軒說完，蔡嘉昇側身用手撥弄著頭髮。

「你尿尿都沒洗手就摸臉又撥頭髮……」范柏軒對著已經跑掉的蔡嘉昇說道，只聽見他在遠處喊著：「你千萬不要覺得訝異！我怎麼會有這麼機警過人的腦袋！」

「有腦袋、有腦袋，可惜是豬腦袋。」范柏軒頭痛的想著今晚的到來。

◇　◇　◇

范柏軒將寫好「閉關讀書，請勿打擾」的A4紙用透明膠帶張貼在寢室的門板中央，他抵起下巴很滿意的的看著自己的傑作，扭開門上的喇叭鎖入內，但就在他走進來的同時，他突然發現侯海青也跟在他身後一塊走進來。

「欸欸欸，你沒看見我的門口貼著告示嗎？」范柏軒很認真而又惶恐的問著侯海青。只見侯海青款擺著腰肢，邊走邊踢掉腳上的鞋子，往床鋪上誇張的一趴，「哎唷！我的媽呀！累死人了，沒事好端端的幹嘛住在五樓呀？跋山涉水的才走得到，簡直是糟蹋本小姐的年輕貌美。也許換個風水好一點的地方，能讓你考上好學校也未可知呢。」

范柏軒雙臂交抱倚在門邊，瞪大了眼睛，不可置信的看著整個人趴倒在床上的侯海青。

「算了，隨你便。」范柏軒坐到書桌前，打開數學講義，翻到昨天上課的內容。

「你跟那個長頭髮的女生是什麼關係？還不快從實招來。」怪異的音調從埋在被褥中的侯海青嘴裡咕嚕咕嚕的傳出。

「說到這，我才要問你，你沒頭沒腦的跟他們胡說八道些什麼？簡直是唯恐天下不亂。」

侯海青抬起臉來，「我是關心你耶！」

「那你還真是多管閒事。」

「我這叫慈悲為懷，你不是一直都在讀書，怎麼會突然冒出一個小女友出來？所以我看是事有蹊蹺。」侯海青側躺著，用單手支著頭。

「誰要你雞婆啊？她又不是我的什麼女朋友。」

「我雞婆？你才鴨公咧！哼，好心被狗咬。」侯海青狡猾的注視著范柏軒，猝不及防的再度發動攻勢，用甜得可以滴下蜜汁的聲音說道：「我知道了，你記恨我在她的面前把東西吐在你的那話兒上，對不對？」

「你現在才知道哇？難道你不知道你那樣的動作很有搏版面的嫌疑嗎？」范柏軒撐著嘲諷的冷笑，用調侃的語氣說道。

門又被再度打開，這次走進來的是蔡嘉昇，「sorry，我遲到了。」

「欸！門口有貼一張紙，你看見上面寫的字沒有……」范柏軒很當一回事的問道。

「你好久沒出現了耶，這陣子都去哪啦？」蔡嘉昇對著侯海青問道。

「回台南老家一趟，跟父親開誠布公的說了一番我的內心話，」侯海青嘆了一口氣，「但他根本聽不進去，我最後還是堅持要回來台中繼續補習，他馬上斷絕我的金援，現在我的戶頭和信用卡全被凍結了，唉，認真刷卡的女人最美麗，這下我可傷腦筋囉。」

「是喔？竟會發生這麼慘絕人寰的事情。」蔡嘉昇一臉誠懇的附和著，「那你現在的生活著落怎麼辦？」

「我只好把之前買的名牌包包和衣服拿去網拍換取微薄的生活費囉。」她的表情和語氣是活潑挑達的，話裡的內容卻是含悲帶怨，「我現在是自力更生的新時代女性，在險惡的濁世洪流裡獨自對抗命運的擺佈而堅強活著。」

「面對如此的遭遇，你還能有這份情操實在是太了不起了，我不由得必須要肅然起敬才行。」蔡嘉昇對她豎起大拇指。

侯海青一手摀著心口，睜大了眼睛，表情十足動人的說道：「可不是嗎？在這樣萬般無奈的折騰底下，我所能做的，就是揮霍萬惡的金錢，來洗滌生命的罪過和救贖骯髒的靈魂。現在我所剩下，僅僅唯一還能堅持的就是，不是最in的我不要、不是最非遜的我也不要、不是最hito的我還是不要！」

「你們兩個可還真能一搭一唱啊，要不要組隊去參加唱雙簧比賽呀？」范柏軒漫不經心的挖苦。

「一個插不進話題的人惱羞成怒啦，怎麼辦？」侯海青以親熱而責備的語氣說道。

「什麼怎麼辦？這是我的房間耶，而且我已經很清楚明白的在門口貼上——」

門板又被打開了，夏天葵一臉笑瞇瞇的走進來，「大會報告，因為我剛剛才和我的小甜心情話綿綿、難分難捨的道別，所以遲到了，哈，我真他媽的愛死了這種調調。」

「欸！你有沒有看見，我的門口貼著——」

沒等范柏軒說完，夏天葵立即衝到他面前，將臉湊到他的臉前面，「范柏軒，現在我後起直追了，絕對不會讓你專美於前。」

「我是問你有沒有看見我貼在門上的那張紙？但沒叫你靠這麼近。」范柏軒直盯著緊貼在面前的夏天葵，讓自己的臉慢慢倒退。

「你還真了不起，想必是我上一次教你用火燒愛心的那招出奇致勝奏效了，對吧？看來我居中的活躍也是功不可沒。」蔡嘉昇用手指在下巴處指著自己。

「對啊，那天我陪徐毓蓁度過了一個很美妙的生日，我送了她一個紫色蝴蝶的髮夾，她現在每天出門都會用那一個髮夾綁頭髮喔，不信你們明天去注意看看。」

「難怪我說最近你們兩個還真噁心，原來是我看到了不該看的東西。」范柏軒站起身來，拍擊著手掌，「好啦，各位，歡樂的時光總是過得特別快，又到了時間說掰掰，請別忘記手邊的物品，垃圾也請一塊帶走。」

侯海青有些氣惱的向蔡嘉昇問道：「你說有很要緊的事情非立即討論不可，千山萬水的把我叫到這邊來，該不會只是夏天葵這種小男生和小女生愛來愛去的芝麻綠豆蒜皮小事吧？」

「否則還能為哪樁？不然要你大老遠跑來跟大家相識啊？」范柏軒壓抑著快要爆開的情緒。

「開玩笑，我們可是做大買賣的。」蔡嘉昇對著侯海青說道：「你有所不知啊，你不在的這段時間，補習班已經翻天覆地啦，從外面來了幾乎跟原本入德人數快要差不多的學生，這下可好了，人數多到爆炸，教室座椅根本不夠，就算有足夠坐位，這麼多人也無法同時擠進現在的教室裡一起上課，怎麼辦咧？到時候只好拆成兩個班級上課，最後就變成老師不夠了。」

「什麼啊，我才一陣子沒去上課，變化竟然這麼大？」侯海青很訝異的問道：「那該怎麼辦？我可是好不容易才又逃回來的耶。」

「這已經不是你一個人的事情了，萬萬不可等閒視之，雪球越滾越大，大家都被牽扯進來了。」蔡嘉昇表情很誇張的繼續說道：「就連范柏軒你一定也很當一回事在看待吧？」

「是啊，我真的快要忍受不了啦，我的心情真是糟透啦！我快要爆發啦！」范柏軒咬牙切齒的說道。

「大家都是江湖兒女，總有身不由己的時候，沒關係，我們都能體會明白的。」蔡嘉昇伸手拍了拍范柏軒的肩膀。

「誰在跟你江湖兒女呀！你們真的很機機歪歪耶，我明明就已經在門口貼上請勿打擾的告示，你們還這樣一直劈哩啪啦個沒完，我不管你們那些豬屎狗尿的拉雜事，我沒興趣知道！也完全不想知道！」范柏軒氣呼呼的大罵。

「好，那你讓我快速下達這最後驚天動地的結論。」蔡嘉昇說道。

「有話快說別放屁！」范柏軒握緊雙拳，仰頭緊閉雙眼，氣急敗壞的大叫。

「我大膽預言，不久後入德補習班就會宣布關門大吉、say莎喲娜娜to everybody！」

范柏軒先從床上拉起百般不願的侯海青，然後從椅子上拉起蔡嘉昇和夏天葵，再將他們推到門外，接著使勁的鎖上房門，最後是把自己狠狠的摔到床上，用力的大口深呼吸著。

他看到用黑簽字筆寫在上舖床板的那副對聯「青雲有路恆為梯，學海無涯勤是岸」，還有那條橫批「有志竟成」，再度回想起劉綱在開學當日所說的那番話：「入德之門，就是大學之門。入德補習班的目的就是為各位開啟大學之門的道路……只要你有恆心毅力能夠堅持到最後，我也一定會傾全力來幫助你……不要忘記你們當初來到這裡的初衷，請時時刻刻提醒自己所許下的諾言，撐過去，才會是你的，能堅守到最後的人，就會是贏家……」

范柏軒同時又想起，之前有一次畢業學長林秀山回來分享的那天，蔡嘉昇無意間所說的：「萬一劉綱真的就是那種只顧利益不惜犧牲學生權益的老師、把你賣給別家補習班，讓你變成補習班之間的人肉皮球踢來踢去，你打算怎麼辦？」

對照今天補習班所發生的種種混亂場景和畫面，范柏軒陷入了強烈不安的情緒裡……

13. 鴻門宴

「這件事情不管你採取什麼手段，都要盡早擺平！現在民意高漲，許多人本改革團體打著教改的大旗，專挑現行體制的漏洞惡意抨擊，如果因為這件事被逮到小辮子，並且被拿出來大作文章，哼哼！」台中市補教協會理事長從話筒裡傳來極為不悅的冷笑，「地方民意代表的選舉就快到了，偏偏在這種時候發生這樣的事情，那些成天想炒作新聞的候選人可是十分樂意藉機大肆修理你，到時候上面的督導單位每天都來抽查這個合不合乎標準、檢查那個符不符合規定，不只是要整死你，也會搞得我們大家人仰馬翻！」理事長的每一個字、每一句話都像銳利的刺一樣指責劉綱的無能。

「理事長，對於我一己的疏忽大意，造成您的諸端不便和困擾，我在這邊萬分抱歉的向您賠不是，令您操心了。關於外來學生安置作業的善後事宜，我已責成專人，火速優先辦理！在嚴格控管的基礎上，我也將肩負起所有完全的責任，做最完善的調度和處理。」

「那你可不可以具體的告訴我，最完善的處理是怎麼樣的處理方式？如果處理不當，是否反而會再次刺激你的對手，把場面弄得更加難看，還是你有什麼令人刮目相看的錦囊妙計？」理事長挖苦的反問。

「不，目前還無法具體回答您，無論如何，這件事就請放心的交給我來解決吧。」劉綱再度重申。

「別再說這種輕率的言論了，整起事件只是單純因為你和楊立鬧翻所引起，為了讓紛擾盡早落幕，當今的權宜之計就是你馬上去向他低頭認錯，不可再節外生枝。鬥到兩敗俱傷對任何人都沒有好處，如果事端鬧得過大，最後搞到一發不可收拾，台中市補教業的形象也會遭受有心人士踐踏得蕩然無存，這絕對不是你一間入德補習班就能夠擔待得起的，事已至此，你最好是好自為之，別再擅自妄為！」

「喀」的一聲，對方無禮的掛上了電話，劉綱直接撥打分機要負責學務的小趙進來。

小趙走到辦公桌前，先報告劉綱昨日要他搜查的情資，「主任，那些帶頭造反的問題學生，身分都已經調查清楚了，為首的名叫李國逸，今年都已經二十八歲，上個月才突然到銳智補習班報名，因此可以確定是滲透進來的職業學生沒錯。」

「這些假冒的學生，就像街頭混混一樣登堂入室的闖進補習班裡，盡說一些不堪入耳的話，現在既然知道對方的底細，接下來要迎頭痛擊就不是難事了。」劉綱絲毫不客氣的說道。

小趙面色相當惶恐不安，「主任，今天早上又有七名老師辭職了……口徑一致，全都是因為外在不可抗拒之因素……」

劉綱皺緊了眉頭，「你馬上打電話去聯絡逢甲大學和勤益技術學院過去曾經合作過的教授，透過所有管道，想辦法詢問台中縣市所有公私立高中的代課老師，請他們務必馬上過來支援！當務之急就是絕對不能讓班上的學生課程開天窗。」

大部分的重考班，每個一科目都會有至少二到三名老師，除了方便靈活調度時間的配置，更可在人力不足的時候填補空缺，緊急支應。而其實除了高中單科補習班的老師是真正受過比較完整培訓的補習教師之外，尤其是一般的重考班，所有科目的師資名單攤開來看，撇開少數幾個名氣響亮的台柱比較廣為人知和認識，其他掛名的老師都是毫無名氣的人，而且也全都是假名，同一個名號到底被多少人冒用過亦無從考證，甚至許多不肖業者在宣傳單上只是把名字先寫上，實際上根本就沒有這號人物存在。也因此，許多補習班會透過管道，找大專院校的教授或講師前來代課，這在補教業是極其常見的。

這時吳姐衝進辦公室來，上氣不接下氣的說道：「主任，不好了！外面來了幾個環球電視台的新聞記者，四處採訪我們的學生，現在他們已經來到樓梯口，指名道姓的說要採訪主任您本人！」

「什麼！」劉綱驚氣的霍然站起，辦公椅因此「砰」的一聲猛烈撞上後面的牆壁，他不可遏止的怒聲大吼：「絕對不可以讓他們進來！謝絕一切採訪！」

◇　◇　◇

台北市的夜晚，華燈初上，一輛計程車行駛進僻靜的農安街，停靠在三井日本料理的人行道前，鄒子敬打開車門走出來，三井的門口，全身素黑裝扮的服務生已經開門等候。鄒子敬走進餐廳，旋即被專人帶到二樓的貴賓室內，當包廂門口處的垂簾被掀起的同時，台中文新補習班主任陳毅也從座位上站起來，向鄒子敬微笑點頭致意。

「來來來，快，坐坐坐，一路上風塵僕僕，有勞您了。」陳毅不失周到的招呼鄒子敬入座，並熱絡的親自幫他斟酒，「先乾為敬，老朋友！我們好久沒暢快痛飲了，今晚就好好的喝他個痛快！」

鄒子敬從善如流的回敬了好幾杯，這時服務生也陸陸續續的將各式拼裝精緻的生魚片擺盤送上桌來。

「子敬兄，你說我們是什麼關係？」陳毅放下酒杯，「我說我們兩個是亦敵亦友的關係，雖然我們長期處在對立的陣營，但現實環境裡，各為其主是在所難免。你比我早出道兩年，當年的提攜之情，我時時刻刻不敢或忘，並以此勉勵自己，要以您為標竿來看齊和精進，還記得當年我們初出茅廬的那副窮酸模樣吧？那時後的教學錄影帶我還保存留在家裡呢。」

鄒子敬十分瞭解陳毅的為人，眼前這個比自己年輕四歲的班主任，素以工於心計、善於謀略見長而活躍於全國的補教業，早先也是從聯明補習班發跡，但企圖心旺盛的他，只把聯明當作暫居隆中的跳板，隨即又投靠了幾處不同的陣營，憑藉靈活的手腕和背地裡殘酷的手段並施之下，他的位置越爬越高，現在已經是台中文新補習班的負責人，相當不可一世。

鄒子敬深知陳毅的厲害之處，怕抬槓的時間一久，會有意想不到且不利於己的情況發生，於是他單刀直入的說了：「陳毅，既然我們都是十幾年交情的老相識，多餘的客套話就免了，今日所為何事？不妨開門見山，直接了當的說出來，我們一起來琢磨琢磨、看看怎麼樣。」

陳毅依舊是面帶微笑，但盯著鄒子敬的眼神卻是格外的犀利，「好，快人快語！而且既然是過去曾有關照之情的前輩所說的話，我豈有不遵從的道理？」陳毅端坐了身子，上半身微向前傾，雙掌壓在大腿上，以相當恭謹的口吻正色道：「此次我僅代表周告，周主任特邀您到此，是希望能達成無損雙方權益的交涉。」

鄒子敬聽到周告的名字後，心頭一凜，「這是什麼意思？」

「周主任希望能敦請鄒主任您來主持台中文新補習班的事務，由於時間點相當敏感，所以才特地請您移駕至台北來商討此事，多有不便之處，望請海涵。」

「這……」鄒子敬略感驚懼的直瞪著陳毅，「這事怎麼會突然找上我？還有你不正做得好好的嗎？難道你另有其他規劃？」

「由於日大聯招考試就快要廢除，國內未來的升學方針也勢必有所改革，有鑒於此，周主任預計將我調任到台北，負責研擬相關策略和遂行任務的推動，因此台中文新補習班的主任空缺，周主任慧眼獨具，第一個便想到希望能由鄒主任您走馬上任。」

事實上，當陳毅獲知這個消息的當下，內心深感憂慮，自己從一個握有實權，可全權掌控整間補習班上上下下的班主任，卻即將轉赴幕僚，而留下的職缺所空降進來的人選，竟然是和自己一路競爭上來的死對頭。但過沒多久，陳毅便了解到，就長遠的布局來看，被調到台北的總部絕對不是一種損失，因為他可以利用機會更加接近權力運作的中樞。留在台中，他同樣得過著受命於總部遙控以及和不斷冒出來的對手打打殺殺的生活。相反的，在這樣時局動盪難測之際，如果能位居優先掌握最立即消息來源的絕佳位置，肯定是要有利的多，而且可以假藉制定策略之便，削減必須聽命於總部行事的鄒子敬之勢力，進而趁機剷除。

雖然陳毅並不明白周告到底是在盤算什麼，但他繼續說著大言不慚的違心言論：「其實我這個人比較擅長提供謀略的智囊工作，而不太適合擔任第一線的主管職務，周主任對於識人用才有非常精準的眼光，所以我一向很信任聽從他的安排，至於台中文新補習班主任的這個職缺，如果您希望在工作上所獲得的成就能和在業界所累積的實力同步成長，我認為這是一個相當具有有魅力的位置。」

原本佯裝鎮定的鄒子敬表情為之一變，在心裡解讀著周告的企圖：「該不會是想要以夷制夷，故意找我來壓制楊立？」

陳毅瞪大了眼睛直盯著鄒子敬，絲毫不放過出現在他臉上的任何訊息，他拿起酒瓶為鄒子敬斟酒，「楊立年事那麼高卻還貪婪飢渴的戀棧權位，德才兼備的您在他手下還能有什麼更上一層樓的發展表現機會嗎？況且楊立老是以台北的角度來看所有的事，根本無法通情達理的處置問題，唯有像您這樣充滿在野精神的地方諸侯才能夠融入實際的狀況，讓眾人心服口服！」

「楊立是一路栽培我的恩師，我能有今日全仰仗他一手拉拔，我不能在他落難的時候對他做出不仁不義的事，關於文新的班主任這件事就別再多提了，這是不可能的。」

鄒子敬雖然這麼說，但陳毅早嗅出他所潛藏的微妙變化，當下採取鍥而不捨的追擊，一步步探向他的內心，「楊立那套早就過時了，大家都在看他現在是怎麼對待梁述謙、是怎麼修理劉綱。誠然，補習班的營業碰上資金周轉不靈而關門大吉的案例比比皆是，但像他這樣明目張膽的惡意操弄，手段未免惹人非議，想必他也同時動用了所有的管道和影響力，逼使入德的那些客座老師請辭，不只讓入德的學生過量而沒有足夠教室空間可使用，更讓他們沒有老師上課而開天窗，其他我還聽說安插了間諜學生進入搗亂……真是多管齊下，無所不用其極啊。」

「在處理入德補習班的這件事，楊主任確實是過於躁進了些，但這也是情勢所迫，誰叫貴班的周主任苦苦相逼，不肯高抬貴手，才引發出這麼一連串荒腔走板的事故。話說回來，局面會走到今天這樣的地步，難道跟周主任在幕後指使脫離得了關係嗎？」

「這是兩回事，同業之間的競爭歸競爭，但楊立今日的所作所為根本罔顧最基本的道義，實在是不足為一個名氣響亮而受人敬仰的大人物所應有的風範，他現在滿腦子只想著要將入德補習班一舉摧毀，但我相信這只會為他招來難以預料的後遺症，因為看在各家補習班的眼裡，就能想像以後楊立會怎麼樣的對付他們，而且全國的補教業也都在關注這件事的後續發展。這些所有的情勢，您可得好好看清楚、想明白呀。」

鄒子敬心中暗忖，自從楊立來到台中後，自己的權限大幅縮減，補習班內所有大大小小的事情都已經跳過他，直接請示楊立的裁決，連帶和楊立之間確實逐漸產生了無法避免的矛盾。這些時日以來，每天所處理的也全是如何聯合其他補習班孤立入德、如何和相關人員交涉以及斡旋等往來酬酢的外交事宜，而做這些勾當卻又和凡事主張圓融的本性相違背，再這樣下去，自己在聯明的處境將落入岌岌可危的境地。而持平來看，台中文新補習班確實是一個非常吸引人的選項，除了有堅強後盾之外，從聯明的班主任跳槽到文新的班主任，並沒有任何降格以求的觀感，反倒有一種被烘托出來的相得益彰，而且最重要的是，聯明在楊立這樣激進帶領中前進，看來只會江河日下；反觀文新卻是如日當中，前景一片大好，若再憑藉自己長久在本地耕耘所累積的人脈和影響力，獨霸台中的地位，指日可待。續留聯明抑或轉戰文新，兩造高下立判。

精明幹練的陳毅識破鄒子敬極力掩藏在內心裡面的那一份動搖，於是更加顯得低姿態卻不失鄭重，同時堆起滿臉的諂笑，「言歸正傳……」陳毅略做試探性的停頓，「那這檔子事，可就這麼敲定了。」

「不，事出突然，請給我時間考慮。」鄒子敬趕忙形式化的回應。

「先生若肯屈就，本班必定竭誠恭候，熱忱歡迎。」陳毅故意狀似慎重的拱他上去。

「在下惟恐僅是濫竽充數，又怕誤人子弟，實在是不敢輕然許諾。」鄒子敬果然很識大體的順著陳毅所搭起的台階直往上去。

「哪的話，鄒主任您太謙虛了，如果連您這樣優秀的人才都無法承擔，就找不到第二個人足以勝任了。那麼，本班就虛位以待了。」陳毅為兩人在此所締結的盟約定下結論。

鄒子敬又虛浮的推拖了好一陣子。

陳毅將早已添好酒的杯子拿給鄒子敬，自己也舉起酒杯，「為我們將來美好的合作，以及共同開創嶄新的氣象乾杯！」

鄒子敬行禮如儀的回敬，接著兩人意味深藏的相視大笑，只是，不管是鄒子敬或是陳毅，兩人的眼裡都沒有笑意。

14. 困

劉綱走進辦公室，馬上讓猶如鉛塊般重的身體躺坐在辦公椅上，這幾天下來，他真的累壞了，每天有開不完的協調會、透過各種管道詢問哪裡有可以來幫忙代課的老師、四處張羅收容學生的教室、幫學生補課、接不完的控訴電話、教育局連日的行政督導，甚至連財政部的稅務單位都派遣專人來稽查，銀行的戶頭、名下的財產全都被凍結和管控。

為了試圖放鬆情緒，劉綱用手指按摩了一下太陽穴，但一想到補習班這陣子以來的課表早已開天窗的這件事，整個頭又痛了起來。現在，除了少數幾個還願意留下來的老師之外，其他大部分的老師為了不敢得罪楊立，都已陸續求去，在這樣的情況下，學生的缺曠課情形以及整間補習班的秩序亦早已呈現無政府的極混亂狀態。

劉綱拿起遙控器打開電視，切換到新聞頻道，想看看相關新聞，很快畫面上出現一個家長謾罵的鏡頭：「呷夭壽！呷夭壽！這款補習班老『輸』啦，哩嘎看賣，收錢速度最快啦！結果黑白亂木啦！政府愛卡緊嘎伊攏抓去關啦！」他叼著菸，操著台灣國語憤怒的指控。

接下來是另一個中年上班族模樣的婦女，她很理智的推了一下眼鏡：「補習班這樣惡意的倒閉，然後在檯面下將學生像貨品一樣的買賣，而且完全犧牲學生應有的權益，這實在是太扯了。現在政府正在推動教育改革，希望可以趕快想想辦法，救救我們的孩子、給他們一個健康和安全的教育環境，誰會希望是自己的小孩碰上這種事情呢？」

鏡頭轉到ＳＮＧ畫面，台中市補教協會理事長從辦公室走出來，所有記者圍上去，爭相發問問題。

「這是隱藏在補教界長久以來的權力鬥爭，爆發浮上檯面嗎？幕後到底有哪些勢力介入？」

「請問那些無處可去的重考班學生接下來要如何處置？補習班真的會以人頭計價的方式將學生出售嗎？那這樣的補習班和人口販子有什麼不一樣？」

「像這樣因為聯考制度下所產生的弊端，是補教界的常態嗎？是不是還有其他不法的掛勾或利益輸送還沒有被揭穿披露？」

理事長顯露出一種被這一連串風波搞得疲憊不堪的神態，拿著寫好的稿子照念一遍：

「補教協會對於日前發生這樣的事情深表遺憾，協會將努力針對該補習班加強輔導，並協助建立與家長完善的溝通平台，保障所有學生的權益是我們最重要的目的。」

不管記者再追問什麼，理事長的回應都是一樣，只是無奈的把那份同樣的聲明稿再唸一次。

轉台，畫面是一個記者會的場合，教育局官員與民意代表參選人在長桌上各執一端，現場還有許多不同立場的教改團體的專家學者，教育局局長正在回應各界的訊息，同樣是拿著聲明稿發言：

本市銳智補習班惡意倒閉及與入德補習班私下收授一事，目前司法單位已介入調查，若有任何不法勾當並經確認屬實，必將依法嚴懲，絕不寬貸。

本局已成立專案小組，針對受害學生尋找補救辦法，不使學生權益受損為當前第一要務，家長如有任何溝通之意見，皆可循正常管道反應。

針對市內合法立案之各級補習班，本局日後將從嚴督導，如有不合格者，必將予以糾正或處分，期能維護應有的教學品質，以及保障受教學生應有之權益。

對於民眾所表達之建議，本局必定虛心接受，並且落實教育部的指示，依法行政，加強管理與持續改進，以符合民眾對於教育水準提升之殷切期盼。

突然，手機的鈴聲響起，來電顯示是梁逑謙，劉綱關閉電視後按下手機通話鍵。

「劉綱，真的是萬分抱歉，我對不起你！請你原諒我，我是被逼的，我真的沒有辦法，我也是受害者，銳智補習班是我畢生心血，是我打拼了一輩子、一手創立出來的，你認為我會故意關閉它來陷害你嗎？」

劉綱面無表情的聽著，沒有答話，梁逑謙繼續義憤填膺的怒罵：「楊立實在是太混蛋了！這一切全都是他在背後搞的鬼，為了一己之私，卻要犧牲這麼多人來為他殉葬，他踩著別人屍首往上爬難道不會有任何的良心不安嗎？」

因為劉綱始終不語，所以梁逑謙也停頓了一會兒才又繼續說道：「劉綱，我知道你恨我，是我把你害到今天這樣名譽掃地的地步、是我摧毀了你苦心經營的這一切，我對不起你，我利用我們十幾年老交情欺騙了你、陷你於不義，我真該死，不管你有什麼需要，我赴湯蹈火、在所不辭！這樣吧，我相信只要我們兩個聯手，一定還有機會扳倒那隻老狐狸，我已經想到東山再起的方法，憑我倆的實力不是不可能，我們這一次一定要打倒楊立，奪回屬於我們的東西、拿回我們的尊嚴——」

「現在唯一最重要的事，」劉綱終於啟口了，而且是異常平靜的語氣，「就是如何妥善安置這些學生，趕快讓他們好好恢復上課。」

「這……」梁逑謙啞口無言的語塞了。

15. 公式

「你這樣只是在發洩，為了叛逆而叛逆，不是什麼追求自我！」電話裡侯海甯義正嚴辭的說道。

「我不想跟你一樣，放著自己的人生任人擺佈，我要追逐真正屬於我自己的夢想，實踐我自己想要的人生！」侯海青在電話這端也絲毫不讓步。

「你這樣下去，只是在浪費你自己的時間，去國外讀書不見得一定就不好，和你想追求自己的夢想是兩回事。再說，這幾天的新聞報導大家全看到了，你上課的那家補習班鬧出那麼大的事件，在那種補習班你能好好用功讀書騙誰啊？」

「這是我的事！我不想跟你說了，你們不要再管我了！」侯海青按下手機停止通話的按鍵，氣呼呼的望著補習班教室窗外的夜景。她的大姊侯海甯這陣子因為聖誕節的假期特地從美國回來台灣，知道了她的情況，打電話來關切。

國文老師程濤很盡責的按照課表上課，並且維持著在晚上追加講不完的內容，但今晚教室裡剩下不到三十個學生了。現在是課堂中間的休息時間，碰巧接到姊姊的來電，把侯海青的心情整個攪亂，她一眼瞥見不遠處坐在窗邊的范柏軒正埋首在書本裡，心中更加不是滋味，於是她走向范柏軒，一屁股坐在他旁邊的椅子上，「這家補習班都快倒店了，你幹嘛還這麼認真？」

「我又不是為了補習班而唸書的。」范柏軒也沒看侯海青一眼，仍然專注的在複習剛剛程濤所講的大學聯考國文作文寫作技巧。

侯海青將下巴靠在桌上，「這個地方看樣子就快收攤了，本來還願意留下來晃點我們的老師也幾乎落跑光了，連學生也剩沒幾個鳥人，這種情況下你還能絲毫不受影響，好強喔，教教我你是怎麼辦到的好不好？」

范柏軒轉過臉來，裝出一副非常有睿智的表情，「你也可以，周星馳說過，只要有心，人人都可以當食神。」

「你知不知道你說這話的表情很賤？」

「好啦，就快上課了，你趕快回位置去吧。」

「我不要！我偏要坐在這裡，反正又沒有人！」侯海青很任性的嚷嚷。

范柏軒懶得再搭理她，繼續讀自己的書，侯海青依舊趴在桌上，鼓起腮幫子，眼睛不懷好意的瞄著范柏軒，他的書本與計算紙布滿了密密麻麻的字跡，字字刻露著他對書本的投入與認真，這樣的察覺讓侯海青非常不滿，她決定非得要戲弄他不可。

「你覺得我長得好看嗎？」侯海青用很疏懶的口氣問道。

范柏軒被侯海青這句話嚇了一跳，但還是酷酷的說：「還不賴，有一定的程度在。」

「那你可別愛上我喔。」

「好啦，我會盡量努力不要去愛上你。」范柏軒翻過書本的下一頁。

侯海青突然站起來伸手朝范柏軒的頭髮亂抓一通，「我是很認真的警告你別愛上我！你到底有沒有當一回事？」

「你發什麼神經啊？是親戚又來了喔？」范柏軒奮力抵擋著侯海青的攻勢，然後也跟著站起來，雙手緊抓住她的雙手，但侯海青沒有停止動作的意思，還是朝著他的身體亂抓。

忽然他們兩人都靜止不動，他們同時發現空蕩蕩的教室裡面的二十多雙眼睛正看著他們。

范柏軒率先坐下來，撥弄著頭髮和整理桌面上被弄亂的書本，「別再跟我說話，老不正經。」

侯海青一臉無辜模樣的嘛著嘴也跟著坐下，「你是不是覺得我有神經病？」

范柏軒眼睛看著右上方，思考一會兒，很認真的說道：「有時候。」

侯海青又是生氣又是好笑，掄起拳頭作勢又要打他，這時，程濤走進教室了，「同學們，上課囉。這節課我們就來實際寫一篇作文，同學們可以按照上一節課所講解的秘笈，試著拆解題旨和擬定架構。」

程濤發給每個學生一張空白的聯考國文作文測驗試紙，並在黑板上寫下作文題目：公式。

「請各位同學千萬記住，考試的題目不論是抒情文或議論文，一定要採取破題法，閱卷老師要改的作文考卷有成千上萬份，很多老師只看完第一段就直接打分數，根本沒耐心好好的欣賞你們的大作，切記，一定要開門見山，在第一段就要寫出鞭辟入裡、擲地有聲的論點，吸引閱卷者的注意力，最保險的架構就是分成起承轉合四段，頂多五段……」

「借我一隻筆啦！」也沒等范柏軒答應，侯海青就直接從筆袋裡拿出一隻藍色原子筆，她忖度一會兒就開始落筆：

每一個人生下來，就注定被代入「人生」的這一個公式中，每一個人都是相異的變數，所以得到的答案也就不同。雖然被代入公式裡的計算仍有許多無解的情形，並不能保證什麼，但是想要跳出公式，卻必須先有過人的勇氣和毅力……

侯海青一邊寫，一邊想起自己所面臨的處境：為什麼自己非得妥協不可呢？為什麼要委曲求全的去迎合呢？那自己的生命豈不是遭受到抹殺？而我正處於人生中最寶貴的黃金歲月，怎麼可以允許這樣的犧牲發生在我身上呢？為何必須由我來承擔？就算是要承擔失敗、接受後悔，也應該是去承擔當初我自己所選擇的決定呀，難道不是嗎？

她停下手中的筆，怔忡半晌，然後在試卷上寫下：我到底在做什麼？

然後她把試卷紙往旁邊范柏軒那邊一塞，「幫我交卷。」站起身來。

范柏軒傻愣了幾秒鐘才意識過來，跟著程濤以及教室內所有人愕然的看著她頭也不回的走出教室。

侯海青走出水利大樓，在一中街夜市閒晃著，她身著一件短板的水藍色羽絨外套，白色短裙，一雙米色高筒靴上緣吐著一圈襪子，走在風裡，她感受到有一種流浪的自由。

她看見了一個似曾相識的人影，是柯家婕，正拉下「新人類」的鐵門，蹲下身子用鑰匙鎖門。

「嗨，有學校卻不去上課的資優生。」侯海青譏俏的揚起下巴。

柯家婕轉過身來，看著侯海青一會兒，「嗨，有家卻歸不得的大小姐。」

「看來范柏軒跟你說過不少關於我的事。」

「彼此彼此。」柯家婕神態自若的回應。

「你在這上班啊？」

「嚴格的說法，是打工。」

侯海青看著柯家婕巴掌臉上的大眼閃爍著一份慧黠獨具的靈動，還有掛在嘴角邊似笑非笑的神情，透露著一股凡事駕輕就熟的悠然自適，心裡不禁興起一股挑釁之意，「你說話還挺有意思，今晚是淑女之夜，我們去ＰＵＢ喝酒聊聊天吧，怎麼樣？」

「我未滿十八歲，還不能喝酒，也不能進夜店。」

「原來還是黃毛丫頭，不過你少來啦，未滿十八歲不能喝酒，卻能在電玩遊戲店打工？」侯海青很得意的乘勝追擊，「不過你的用意我能理解，張愛玲曾說過，好女人總是看不起壞女人，可是如果讓這些好女人有機會嘗嘗做壞女人，沒有一個不躍躍欲試的。」

「這些好女人和壞女人跟我有什麼關係？」

「你明明成績很好，卻逃家翹課的躲在這種地方，這麼樣極端的反差，我猜你一定是想做一些驚世駭俗的舉動。」

「你想太多，我只是想要平靜的過生活而已。」

侯海青繼續高昂著下巴，「好吧，那你陪我走走就好，這樣總行了吧？」

「好啊。」柯家婕一派從容。

兩人漫步走在三民路上，路上的行人已經變少，店家幾乎都已關上大門，整排的騎樓也是一片黑暗。她們信步走到光南書局前的天橋上，侯海青從口袋裡摸出了一包香菸和一隻可口可樂造型的打火機，動作嫻熟的點燃了一支菸，「說實在的，我還真羨慕你可以隨心所欲的不去學校上課、在這裡打工，為所欲為的做自己想做的事，如果我也能像你這樣我行我素就好了，這是成績好的特權嗎？學校、家長都拿你沒轍，你愛怎樣就可以怎樣。」

「算特權嗎？也許是吧，老師和同學的確都只能折服於我。」

「那你到底為什麼要窩在那種地方？是有什麼不能說的秘密嗎？跟我呀，沒有什麼是不能說的。」

柯家婕笑了一下，「沒有，我真的只是想要找一個可以平靜的地方而已。」

「假鬼假怪。」侯海青雙手倚在欄杆上，懶洋洋的吞吐著煙霧。

「倒是你才奇怪，范柏軒說你家世背景很有來頭，你根本不需要重考，你所擁有的資源和機會都比別人要來得更多、更好。」

侯海青右手叼著菸，吐出一圈長長的白煙，灑溢了良久的沉默，才幽幽的說道：「天下熙熙皆為利來，天下攘攘皆為利往，活在這個世界上總有許多無奈，人潮熙攘，世音嘈雜，但也許人生就像是我嘴裡吐出的這口菸，轉眼灰飛煙滅，我想追求的，只是抓住一點屬於我自己的感覺。」

「很好，你沒有理由不做自己。」

「沒那麼簡單的，書本上都說得很好聽，教我們要忠於自己、誠實面對自我，但現實生活中，想要成功的最上策就是在待人處事上能夠滿足別人的看法、符合別人的期待。」侯海青又抽了一口菸，「明明是我的生命、我的生活，為什麼我能掌握支配的卻是那麼少？還要去管別人滿不滿意？」

「人往往是自己抬舉自己，過份在意別人的眼光，其實別人根本不會想到你。」

「哈，如果真是這樣那就太好了，但我連想要做一點小事情都必須要編派一個可以向家人交代的過去的理由，真是好慘。」侯海青望著三民路的遠方，「我自己也很氣自己，到底是不是我作繭自縛，我真的好想不顧一切，想做什麼就放手去做，不管一切，不顧他人感受、不計後果、不瞻前顧後、被誤解也不怕、被質疑不做辯解、即使被討厭也在所不惜，但真的就會成功嗎？還是只會搞砸？」

「就理論方面而言，為自己而活其實並沒有比較輕鬆，因為你將不知道該拿什麼樣的價值觀來面對沒有價值觀的生活。」柯家婕很淡然的口氣說道：「而就實務方面來說，在這世界上，只有藝術家才做自己，人只要活在社會之中，就不可能只為自己而活。」

「你……」侯海青轉過身來面對柯家婕，柯家婕的這段話充分暗示自己的自討沒趣。

「如果真是為了崇高理想，確實別指望在通俗的辦法裡尋找到答案，不過依我看，你所有的問題全來自同一個原因，那就是，你想要變成怎樣的人？你只是很明確知道討厭自己變成怎樣的人，但卻沒有真正明瞭到自己想變成怎樣的人？光憑嘴巴上說想成為一個為自己而活的人，說了等於沒說。沒有明確的方向、沒有清楚的目標，才導致了你這些不切實際的煩惱。」柯家婕拉起側背的背袋，「我得回去溜狗了，先這樣，掰掰。」

望著柯家婕慢條斯理走下天橋階梯的背影，侯海青又掏出了一支菸，卻怎麼也點不著，大概是打火機裡的瓦斯用完了，她索性又懶散的趴回欄杆上，她想忘掉剛剛柯家婕的那番話所帶給她的不愉快，卻不斷想起自己從公立高中以來的一切，真正是飛揚的，沒有時間擔憂，在各種活動中活躍著，她喜歡那樣放縱的生活，認識著許多人，也同時忘記著許多人，每天有赴不完的約會和活動，日子過得熱熱鬧鬧的……但這樣的日子卻很快就像露般的逸去。

侯海青仰頭看著充滿光害的夜空，努力回憶這些日子，但一切都不真實，那些她曾經以為滿足的，全化成掉色的記憶。難道問題的癥結點真被柯家婕給說中了嗎？

「哼，臭丫頭。」侯海青望著右前方的來來百貨閃爍的霓虹燈，非常的、非常的不開心了起來。

16. 某年聖誕

號稱入冬以來最強的冷氣團持續發威，但濃烈的平安夜氣氛還是四處熱情的蔓延。范柏軒步出水利大樓，拉緊了外套衣領，拜此節慶所賜，今天補習班真是夠冷清的，只剩下小貓兩三隻，而到底這樣的情況還會持續多久呢？范柏軒心裡也惴惴不安。

今晚一中街夜市不但人潮洶湧，更瀰漫著聖誕節的歡樂氣息，水利大樓的ＴＣＣ廣場擺出了許多販賣耶誕卡與聖誕樹等應景裝飾品的攤販，許多年輕人頭頂上也戴起了聖誕老人的帽子走在路上，賣手搖飲料的飲料店更直接讓工讀生穿起整套的聖誕老人裝。

范柏軒在水利大樓後方的夜市裡隨意吃了一個鐵板麵，打算再回補習班去自修，他看見柯家婕從旁邊的巷子走出來，手裡正拖著一個黑色的大垃圾袋，似乎非常沉重。

「需要幫忙嗎？」范柏軒朝她走過去。

柯家婕抬頭看了他一眼，「不用了，謝謝，這是我份內的工作。」繼續拖著沉甸甸的垃圾袋往前。

范柏軒注視了她一會兒，就轉身要回水利大樓了，這時，卻傳來蔡嘉昇的叫喊聲：「范柏軒！你在這啊！」

范柏軒停下腳步，蔡嘉昇和張綺跑到他面前，「你要跟我們一塊去找侯海青嗎？」

「她應該是去哪狂歡了吧，你們要找她一起去玩喔？我就不奉陪了，祝你們佳節愉快。」

「哪是啊，她的堂哥殺到宿舍來找她了，還帶了一大群手下，每一個都西裝筆挺的，你知道我們宿舍前面現在停了多少台賓士和積架嗎？之壯觀的。」蔡嘉昇講得龍飛鳳舞的。

「那就讓他們去找不就好了嗎？」

張綺說：「海青故意關掉了手機，不想讓家人能夠找到她，她父親已經說了，如果海青還是繼續任性妄為，他將動用關係直接結束掉入德補習班。她的堂哥還算滿明理的，他知道就算找到海青，海青也不會跟他們回去，所以他拜託我們，幫忙找到海青傳話給她。」

蔡嘉昇接著說道：「我剛剛打電話聯絡過夏天葵，他和徐毓蓁正在東海大學的聖誕舞會，他說有在那裡遇到侯海青，所以我們就來找你一塊去找她。」

「可是……有這個需要嗎？」范柏軒甚感為難。

「我跟你們一起去找她。」一旁的柯家婕突如其來的一語。

其餘人全詫異的看著她，蔡嘉昇很困惑的說：「這位是……」

「我之前對她說了很不客氣的話，聽你們這樣說會讓我也很擔心。」柯家婕轉過身對范柏軒說道：「我這包垃圾丟完就換班了，那就麻煩你幫我吧。」

「你就是傳說中范柏軒的那位紅粉知己！」蔡嘉昇用手拍了一下額頭，隨即很正經的說道：「你好，我叫蔡嘉昇，沒想到在這樣的場合之下與你見面。我身高一八五，體重八十五，芳齡二十五，家世清白，興趣廣泛，無不良嗜好……」

「沒有人叫你自我介紹！」范柏軒大喊。

蔡嘉昇仍然一副煞有其事的說道：「我是我們這群人之中的意見領袖，當今世上像你這樣有俠義心腸的人不多了，很高興認識你，不管有任何事情，你都可以找我一起討論，從今以後大家就是自己人了。」

柯家婕對蔡嘉昇笑了笑，把垃圾袋交給他。

他們四人搭了計程車前往東海大學，過中港交流道之後，中港路就開始塞車了，不論是進市區方向或往沙鹿方向，交通全都打結癱瘓，於是他們要司機改走青海路，在榮總醫院後方下車，再步行進入東海大學。東海大學的聖誕舞會是年度的盛典，每年都吸引許多南北各地的年輕人前來朝聖，傍晚以後，校門口前的中港路就開始交通管制，從四面八方湧入的人潮將擠爆東海夜市和路思義教堂。

在正門口，他們決定兵分兩路，蔡嘉昇和張綺往鐘塔和教堂那邊去找，范柏軒和柯家婕則從文理大道一路往上，到西側門的舞會。

文理大道兩側的文學院和法學院，全是古色古香的中式建築，走在大道上，枝繁葉茂的濃蔭遮蔽了夜空的月光與星光。路上的行人很多，都是打扮花俏、說說笑笑的年輕人。

「你的這群朋友滿有趣的，我還挺羨慕你，有這樣一群夥伴圍繞在身邊。」柯家婕說道。

「明明就很煩，都什麼時候了還搞不清楚狀況，聯考就在半年後，他們卻還只會胡鬧跟搗亂，成天製造麻煩。」

「聯考只是一時的，友情卻是一輩子的。」

「那是像你這樣已經超越聯考的人當然可以說得輕描淡寫，可是對我來說，這一次的聯考就是一切，在我選擇重考的那一刻起，我就不能有後退的退路了。」

「你講得也太嚴重了吧。那你為什麼要重考？」

范柏軒忖度許久才說道：「我最近曾作過一個夢，在夢裡面，我清楚的知道我正在作夢，但是我卻醒不過來，只好在一個地底迷宮中一直亂跑亂闖，跑了好久都找不到出路，最後，讓我跑到一個死巷，在死巷的盡頭處有一面可以映照全身的大鏡子正發著光亮，於是，我便走到鏡子前，然後我在鏡子裡面看見一個和自己長得一模一樣的人，接著我就一身冷汗的給嚇醒了。」

「這有什麼好驚嚇的？不過就是照鏡子。」

「鏡子裡的那個人並不是我，是我雙胞胎的哥哥，他的成績一直都很好，去年眾望所歸考上第一志願的大學，而在此同時，我來到重考班報到。上天開了我一個大玩笑，或許是故意懲罰我吧，祂給了我和哥哥相同的外貌，但卻是截然不同的人生，每每在照鏡子時看到自己的臉都會讓我想起，這張臉就像是一種強大的禁忌駐紮生根在我的體內，它又像是一張令人望之生畏的圖騰，不是受人敬仰頂禮膜拜的那種，而是虛張獠牙盤踞撕裂我的人生。」

柯家婕很安靜的聽著，想著范柏軒所說的話，「為什麼你會和雙胞胎的哥哥演變成這樣呢？」

「我也不知道曾幾何時，我和哥哥就像兩片原來接連的板塊，在大地震後便各自漂流去了。我們的關係，或許正如同上次你幫我解答的幾何題目，我們兩人就像平面上從同一個頂點對著同一個焦點伸展出去的拋物線，之後變成斜率相同而永無交集的平行線。」

「你哥哥也是這樣想嗎？也許你哥哥並不這麼認為，這一切只是你單方面的自憐自艾？」

范柏軒回憶起過去的人生，就是不斷的放任自己一再溫習失去與失敗的痛楚、測試自卑及憂傷的刻度。但為什麼會走到這樣的路呢？這一路上，他不斷學習失去，也不斷琢磨堅強，更不斷考驗自己對生命的信仰。他的倔強讓自己不在人前落淚，也對很多事情感到鄙夷，而他也始終不認為爸媽和哥哥能參與決定任何自己的未來，他從很久以前便開始習慣在生命中掌舵，獨自面對一切的浮沉。

「其實你跟侯海青很像，你們都深陷矛盾的泥淖，侯海青一心想要跳脫世俗的眼光卻為此所苦，她如果真能想通，那就連『跳脫』的這個困擾都不會存在了，又怎麼會反而陷入無法跳脫之苦呢？同樣的，你一心想要比較的哥哥，只是因為跟你長得一模一樣，因此被冤枉成你所投射出來的對象，其實你真正想打倒的，是自己心裡面所形塑出來的自己，是那個能符合甚至凌駕在世俗價值觀之上的自己。」

范柏軒怔住了，他停下腳步，看著前方不遠處的圖書館，剛剛那一瞬間，在他的內心底部有一處牢固的城池鬆動了，但他極力想要維持住這份牢不可破的堅持，他畢生所追求和捍衛的堅持不能被動搖。對於打敗范柏瑋的執念，來自於因為范柏瑋就像是一個難以望其項背的對手，迫使自己失去快樂的童年、讓自己遭受父母親與師長差別待遇和異樣眼光的冷落，而這一切的根本，全肇因於他們兩人是長相一模一樣的雙胞胎，到底上天這樣的安排是蒙蔽了眾人，還是蒙蔽了自己？是外貌的表象讓自己作繭自縛嗎？在范柏瑋的人生裡可曾經有過這樣困擾的念頭？或許是因為范柏瑋在升學國度裡過得相當平順，平步青雲讓他沒有這方面的心機，倘若他成績並不出色，他是否也會淪落到和自己一樣的情況呢？

「你有想過你會後悔嗎？在不久後的將來。」柯家婕踏上文理大道最後一層階梯，來到圖書館前的廣場。

「後悔什麼？」范柏軒也跟著踏上來。

「你和哥哥錯過了一段很長的相伴成長歲月。」

范柏軒無語，回過身來，看著剛剛一路走上來的文理大道，已可聽見遠處傳來西側門舞會正在播放的西洋歌曲〈Last Christmas〉的音樂聲。

「能夠讀書和求取知識真的是一件很快樂的事情，無奈卻被世人拿來當作競爭比較和分類排名的工具。」柯家婕很輕鬆的前後晃動著雙手，「你知道東海大學的圖書館為何蓋在這個位置嗎？因為要讓朝聖者跋涉過迢遠的文理大道，以謙卑的心來親炙這知識的殿堂。」

范柏軒低頭踢著地上的小石子，「你知道嗎？其實我一直很想問你一個問題。」

「請說。」

「有一天中午，我去新人類找你幫忙解答數學，為什麼後來你哭了？」

范柏軒抬起頭來和柯家婕對望著，柯家婕的眼神在朦朧月光下閃動著。

這時，范柏軒的手機鈴聲響起，是蔡嘉昇打來的，范柏軒接起了電話。

「哇！好不容易終於打通了，這裡人好多，訊號全都沒了，我打了好久才接通你那邊。」蔡嘉昇在電話那端大喊。

「怎麼樣？有找到侯海青了嗎？」

「有啊！我們通通都在教堂這裡，你們快來會合吧，夏天葵他們也在這！」

掛上了電話，范柏軒和柯家婕隨即往路思義教堂趕去。教堂周邊的草地上擠滿了人，有的一群一群結伴坐在草地上，有些人不斷的想擠進去教堂裡面，看唱詩班合唱詩歌的景象。

范柏軒很快就找到蔡嘉昇，果然侯海青、張綺、夏天葵與徐毓蓁也全都在。

「欸！你害我們找你好久！」范柏軒看到侯海青竟然是一副嘻皮笑臉，心裡不禁有氣。

「幹嘛對我生氣呀？又不是我叫你來找我！」侯海青嘟著嘴很不開心。

「她是誰啊？」夏天葵指著柯家婕問道。

「范柏軒的好朋友啦。」蔡嘉昇意有所指的用手肘撞了撞夏天葵。

「唉呀，失敬失敬，幸會幸會。」夏天葵馬上推起笑臉。

「你好。」柯家婕也向夏天葵微笑點頭致意。

「好，那沒事了，人既然已經找到，我們這就打道回府吧。」范柏軒說完轉身就要走。

蔡嘉昇忙拉住他，「別急，聖誕鐘聲快開始敲啦。」

「什麼鐘聲？」范柏軒些許不耐的問道。

「噹～～」空中傳來一個非常清澈嘹亮的鐘聲。

教堂周邊所有吵雜的人聲全都安靜了，但卻同時瀰漫出一股欣喜期待的氣氛。

「噹～～噹～～噹～～」

鐘聲連續響起，眾人的情緒也愈加高漲，范柏軒很快就感染到這股雀躍之情，他看了看身邊的這群朋友，夏天葵從徐毓蓁的後方熊抱住她，侯海青和張綺手牽手仰望著天空，蔡嘉昇一臉笑呵呵的四處張望，柯家婕站在自己身旁很安靜的看著教堂……

范柏軒突然覺得很莫名的感動，在這深廣無垠的宇宙，人人皆渺滄海之一粟，而就在此時此刻的當下，有這樣一群人陪在自己的身旁，從某些現實的角度來看，這些人在半年後就是要跟自己在考場上廝殺較勁的敵人，但為何自己從來不曾這樣想過、和這樣看待過他們呢？如果沒有他們在此，自己會有多麼寂寥呢？范柏軒很意外自己竟會萌生這樣的念頭。

「快快快！快要倒數計時了！我們大家把手牽起來一起大喊！」蔡嘉昇催促其他人把手牽起來。

「我不要啦！我要緊緊抱住我們家毓蓁。」夏天葵不高興的被蔡嘉昇拉起一隻手。

蔡嘉昇確認好所有人的手都牽在一起後，快樂的大喊：「記得要叫大聲一點喔！」

「噹～～噹～～噹～～」悠揚的鐘聲依舊。

「九十！九一！九二……」整個萬頭攢動的教堂草地上，眾人齊聲發出喊聲。

「九五！九六！九七……」在冷冷的寒風刺骨中，從手上傳送而來的溫熱，范柏軒也忍不住跟著大喊。

「九八！九九！一百——Merry Christmas！」午夜十二點整，全場所有人都歡聲雷動的吶喊。

范柏軒也舉起雙手吼叫，他心裡想著，這是他這輩子最棒最美的一個聖誕節了。

17. 逆

「今天的課就上到這，之前還沒教完的進度我會再盡速安排時間幫各位同學補上，等時間公佈後，也請同學能轉達給其他沒有來的同學，請大家務必盡量能夠來補課。」劉綱面無表情的站在講台上說道。

周六的下午本來是放假的時間，但這陣子由於補習班種種的紛擾，劉綱只能盡速找空檔的時間為學生補課，可是會來上課的學生也只剩下稀稀落落、寥寥無幾了。

「對各位同學非常抱歉，因為我個人的因素，導致你們這段日子以來所蒙受的不便和損失，我已經與其他補習班取得協調，將盡速讓所有的事情都能趕快回到軌道上，在這邊還是要向你們致上非常誠意的道歉，對不起。」劉綱相當鄭重的向台下的學生深深一鞠躬，久久沒有起來。

劉綱走出教室後，其他人也陸陸續續離開了，范柏軒打算繼續待在這裡自修到吃晚餐再出去，他拿出書包裡的筆記本和講義，還有自己擬定的讀書計畫表，開始審閱新的一年之後的讀書時程。

「范柏軒。」

後方傳來一個女生的聲音，范柏軒轉過頭去，是徐毓蓁。

「嗨，你今天有來上課喔？」

「嗯，其實我今天是特地來找你的。」徐毓蓁走到范柏軒的面前，從背包裡拿出一個紫色的髮夾出來，「請你幫我還給夏天葵，謝謝。」

范柏軒接過那個髮夾，放在手上端詳，他想起是徐毓蓁生日那天，夏天葵送給她的紫色蝴蝶髮夾，「這樣是什麼意思？」

「你叫他以後別再來找我，就算在班上遇到也別跟我講話。」徐毓蓁別過臉去。

范柏軒不解的看著她，「為什麼？我們上禮拜還一起在東海大學倒數一百下的鐘聲，為什麼翻臉比翻書還快？他昨晚明明還熬夜寫情書給你，你不知道嗎？還是說發生了什麼問題？」

「他就光會賣弄！一首詩有十七八個典故，他扯不累，我看得都煩。」徐毓蓁怏怏的說道：「這家補習班看來是遲早都要倒了，我決定下學期去報名別家補習班上課。說真的，聯考很快就到了，既然我們都是來重考，現在應該以課業為重，感情的事必須得先放一邊，麻煩你也勸勸他，請他明白。」

徐毓蓁說完話後就低頭走開，范柏軒站起來對著她說道：「你明知道他不會這樣想的，他不是不明白，只是對於感情他不會因為聯考或任何其他的理由就放手。」

「那你也知道他以前曾經很喜歡過一個在補習班遇到的女孩，對吧？」徐毓蓁轉過身來面對范柏軒。

「有聽他提起過。」

「人總是在妄想不屬於自己的東西，所以最愛的人通常不會在一起，因為得不到的才會是最美的刻骨銘心。」

「不！我相信夏天葵沒有拿你當替代品的意思，他是一個至情至性的男人，絕對不會那麼做。你現在如果跟他提分手，你知道會對他造成多麼大的傷害嗎？這恐怕不是你所能想像或者是他所能夠承受的！」

「你還不明白嗎？真正相愛並不是兩人離開對方就活不下去，而是兩人明明知道可以單獨生活但仍然選擇在一起。」徐毓蓁看著范柏軒，以很堅定的口吻說道：「我知道夏天葵對我是真心的，我也知道他一定會是一個用情很深的男孩，只是他自己或許並不知道，他拼命想要彌補的，是過去的遺憾對他所造成的影響。」

徐毓蓁繼續說道：「如果他真的能懂事和明白事理，他就應該清楚明瞭現在不是談戀愛的好時候，大學聯考只剩下最後一次，而我們既然選擇重考，就更要把握這最後一次的機會，認真用功、專心好好讀書才是我們現在真正必須要做的。你身為他的好朋友，就應該要告訴他，別再執迷不悟下去了。」

望著徐毓蓁走出教室的身影，范柏軒頹然的坐回座位，他覺得有一股很深的無力感爬滿了全身，他低頭看著桌上的紫色蝴蝶髮夾，心想著該怎麼把這東西交還給夏天葵，並且要如何告訴他徐毓蓁的心意呢？

范柏軒思忖了很久，覺得頭很重，索性就趴在桌上昏昏沉沉的睡著了。待他醒來，教室內一片昏暗，看看手錶已經九點半了，他走到窗前，遙望著水利大樓後方的一中街夜市，依然是人聲鼎沸、繁弦急管、燈紅酒綠的花花世界。

「對於過去遺憾的執迷不悟……我自己又有什麼立場去勸他呢？」范柏軒呢喃著，看著窗戶的玻璃倒映出自己的臉，他看著這一張自己和范柏瑋共同持有的臉，他想起了柯家婕在文理大道上所講的那番話，再看看玻璃裡自己失魂落魄的身影，他忽然覺得十分的惆悵，走上前去緊貼著玻璃，抬頭仰望天空。

「究竟這夜空有多大？星子有多繁？此時的我，為何卻什麼都看不清？」范柏軒感慨嗟嘆著，「罷了，罷了。」他搖著頭走回座位，收拾好書本和講義，摸黑走出教室。

這時補習班全都沒人了，交誼廳的電燈也全關了，當他走到櫃檯前，他聽到一個男人的聲音從旁邊的辦公室傳來：「劉綱，沒有我，就不會有你，今天我能一手扶植你，就可以一手毀滅你，這就是我要讓你知道並且給你的教訓！」

范柏軒停下了腳步，蹲低身子偷偷的挨到劉綱的辦公室的窗下，他聽見劉綱的聲音說道：「楊主任，就請您寬宏大量，就算您不肯放過我，也請放過這些學生，他們就快聯考了，不能夠再這樣下去。」

此時劉綱的語氣竟是那麼樣的低聲下氣，范柏軒皺起了眉頭，簡直不可置信，那個總是有著一副倨傲不恭、說話鏗鏘有力的硬漢老師劉綱，居然會是這樣委曲求全的向別人討饒。

「你別怪我沒警告過你，你那些清高的論調根本不值一哂，就是因為你自以為是的無謂堅持，才搞成今天這樣的局面，並且連累了入德補習班和銳智補習班所有的學生。」楊立聲若洪鐘的說道。

「言歸正傳，請您立即拿出對應的處置，安頓好這些學生。」

「好，事情也該有個了斷，我會立刻安排老師進駐，不過只到二月份的模擬考，到時候將以考試的成績分班。」

范柏軒豎長了耳朵，屏住呼吸聆聽。

「分班？這是什麼意思？整家補習班都已經拱手讓給您了，為何還要分班？」劉綱問道。

「劉綱，我要徹底瓦解你的入德補習班，這不僅僅是要你清楚得罪我的下場，更是要讓那些蠢蠢欲動的異議份子有所警惕！」

「將這些學生拆得四分五裂分散到各處，這麼做對您並無任何好處，可是對那些學生卻會是很大的影響，我求您千萬別這麼做。」

「這就是你反抗我的代價，只不過必須由你的學生來代為償還。」楊立冷笑著，「模擬考成績，名次排名前三分之一的學生，我會將之納入到聯明以及直屬於我的體系之下的華信補習班，中間三分之一的學生會分給龍城補習班和志儒補習班，至於剩下的三分之一嘛……不好意思，只好看看其他補習班肯不肯收留，或者塞到考四技二專、甚至是插大轉學考的班級去。」

「這對他們的權益根本沒有保障！您都已經完全佔有這家補習班了，為何還要做得這麼絕？」

「這全都要怪你！因為你的任意妄為，害我動用那麼多的人力、花了多少錢、蒙受多大的損失。」

片刻的安靜無聲，范柏軒心臟噗通噗通的劇烈跳動。

劉綱長嘆了一口氣，口氣非常悲愴，「希望您也能照顧銳智補習班的學生，這是我最後的請求。」

「劉綱啊劉綱，都什麼時候了，你連自己的學生都無暇顧及，卻還心繫別人的學生，你是沽名釣譽呢？還是腦袋有問題？」

「他們的事情我不能置之不理，我也有責任，所以請您能更加的高抬貴手。」

「這可就麻煩囉，這樣人力的調度就變得很吃緊。」

「就由我來替補這個人力缺口，我親自為他們上課。」

楊立停頓了一陣子，「發生這些事情之後，其實你已經再也無法繼續在全國的補教業立足了。如果你還要去上課，就勢必得面對那些學生殘忍的眼光和責難，你確定你想要這麼做？」

「學生既然繳了學費，叫了我一聲老師，我就有責任保護他們到底。」

楊立陰狠的笑聲傳來，「可以，但我要你跟我下跪磕頭。」

「什麼？」

「我不只要你向我俯首輸誠，還要你向我磕頭認錯，我就是要你這個絕不向人低頭的鐵骨硬漢吞下這個恥辱。」

「楊立！你……」劉綱咬牙切齒的說道，然後是長長的一聲喟嘆。

范柏軒悄悄站起身子，在窗戶外面探頭探腦，透過百葉窗的縫隙之間，他看見劉綱正雙膝跪地，對著坐在前方的楊立以五體投地的姿態趴在地上。

18. 交易

「今天的課就上到這裡，下周一所有科目的老師就會全部歸位，請同學回去後通知到其他今天沒有來的同學，下周一務必來補習班上課，到時候新的課表將一併公佈。」劉綱臉色微微發白，環視著教室內所有的學生。

中午用餐時間，蔡嘉昇拿著雞腿便當走到范柏軒前面的空位，一屁股坐下，「聽說入德補習班被聯明給接收了，我沒說錯吧，天下補習班一般黑，劉綱總是一副正氣凜然的假道學模樣，結果也是開了一間黑心補習班招搖撞騙。」

原本低頭扒著飯的范柏軒停頓了一下，心中浮現出劉綱向楊立下跪的那一幕畫面。

「還有啊，根據來源可靠的小道消息，二月底的那次四省中聯合模擬考，就會決定每一個人將被分配到哪一家補習班去上課，名次前面的可以進到聯明，等於是上天堂；名次在後面的就會被丟到一些奇奇怪怪的補習班，等於是完蛋。」蔡嘉昇一口咬住雞腿，

「唉，我們也只是普通人，又不是說說就會變天才兒童，如果到時候真被分配到那些亂七八糟的補習班，之後還想考個稱頭一點的學校，我看啊……還是閃一邊涼快去吧。」

所謂的四省中聯合模擬考就是以台中市前四志願的省立高中，台中一中、台中女中、台中二中與文華高中輪流命題與聯合排名的模擬考，雖說是四省中的聯合考試，但其實所有台中縣市的公私立高中學校和重考班也會在相同時間一起考試，算是極具指標性意義的仿真模擬測驗。

「哈囉，蔡嘉昇你還真難得會在教室吃便當呀，這時候你不是應該溜出去鬼混才對嗎？」侯海青和張綺也拿著便當走過來，與他們隔著走道的位置坐下。

「現在是非常時期、關鍵時刻，你們應該都知道聯明補習班吞掉入德補習班的事情了吧？」

侯海青用嬌嗲的語氣說道：「我才不管這些呢，欸，范柏軒，聽說你昨天的英文週考，居然考一百分。」

「滿分？你怎麼敢出現在我面前？」蔡嘉昇用手指著范柏軒的鼻子，口中的雞腿直接噴出來，「以前那位英文超破、單字不懂幾個的英文智障范柏軒，竟然會有考滿分的時候？真了不起耶！簡直是人類的勝利，怪不得你這麼酷啊，這樣大大的好事情，你應該要——請一攤。」

「你這讚美聽起來還真語重心長呀。」范柏軒沒好氣的說道。

「你是怎麼突然開竅的啊？吼～～我知道了，一定是跟柯家婕有關，嘖嘖嘖，愛情的魔力可真不能輕忽呀。」侯海青好像抓到什麼小辮子似的用筷子對范柏軒指指點點著。

「你可別亂講啊，跟她才沒有關係咧。」范柏軒連忙極力撇清，「英文就是讀啊，跟它硬幹啊，電視上的球鞋廣告不是也說了嗎？Just讀it！」

眾人安靜了片刻，面面相覷，蔡嘉昇率先打破沉默，「你剛剛是故意想講笑話嗎？如果是，那請問閣下的笑點是什麼？但不管怎麼樣，都要感謝您為本班掀起一陣尷尬風。」

「不客氣，這只是我過來人的經驗。」范柏軒自我調侃著，「別人都在比好的，我可不想在這邊跟你們比爛的。」

「真沒有一句話有安慰到人的，我本來還想請你當我的家教，課後來指導我呢，既然這樣就沒辦法啦。」侯海青疏懶的說道。

「哈，幸好幸好，好險好險。」范柏軒拍了拍胸口。

「該死的！你居然是給我鬆了一口氣的表情？」侯海青故作要捶打范柏軒的手勢。

「范柏軒！」夏天葵的聲音傳來。

范柏軒轉過頭，看著夏天葵表情惡狠狠的走來，范柏軒站起來，不等夏天葵說話，他就先開口了，「不用多說了，我絕對不會幫你傳紙條或傳話。」

「你這樣算什麼兄弟？一點義氣都沒有！」夏天葵暴怒的狂吼。

「徐毓蓁也是為了你好，她的意思已經很清楚，現在是用功讀書的時候，不是談情說愛——」

「你少用你那一套狗屁論調來唬我，她把這個交給你的時候，你為什麼不肯幫我挽回？也許當時你的一句話就可以讓現在的情況有所不同，你說啊！」夏天葵將那隻紫色的蝴蝶髮夾用力放在桌上。

范柏軒胸口起伏的看著那隻髮夾，又將眼神轉回到夏天葵身上，用極力保持平穩的口氣說：「因為沒什麼好說的。」

「范柏軒！你……」夏天葵氣極敗壞的仰頭大吼：「啊——」

教室內其他學生全都被嚇了一跳，把視線集中到他們這邊來。

「請問是范柏軒同學嗎？」不知何時，一個身著ＯＬ套裝的年輕女子來到他們的旁邊。

「我是。」范柏軒打量著這一個女子，看起來不像是學生，「有什麼事嗎？」

女子態度很客氣而恭謹的說道：「您好，我是文新補習班周告周主任的特助，敝姓張。周主任有事想麻煩您，希望能夠親自與您會晤，當面懇談。」

「周告？」蔡嘉昇露出不可置信的模樣，將范柏軒一把抓過來，「是傳說中，台灣補教業的超級霸主周告嗎？哇操！乖乖不得了，原來你跟周告這麼有淵源啊？」

「誰啊？聽都沒聽過，你的反應也太over了吧。」范柏軒心煩氣躁的推開蔡嘉昇。

蔡嘉昇激動的說：「他絕對是重量級中的重量級中的重量級中的一等一號人物，竟然特地邀請你去懇談？你該不會直到今天才突然要坦白告訴我，其實你跟李登輝、陳水扁的關係是妙不可言吧？」

「范同學，您現在時間不方便嗎？或是等您手邊的事情處理完，我再來找您？」張小姐微笑問道。

「沒關係，我現在可以。」范柏軒回答了張小姐之後，轉頭對其他人說：「看好他，別讓他衝動亂來。」這句話是針對夏天葵說的，夏天葵報以他一個繃著臉的怒容。

在張小姐的帶領下，范柏軒來到就在入德補習班樓下的文新補習班，張小姐走到主任辦公室前，輕輕叩擭白色的門板，「周主任，范柏軒同學來了。」

「請進。」門內傳來了一個男子的聲音。

張小姐幫范柏軒開了門，請范柏軒入內。

「范同學，來來來，歡迎歡迎，這邊坐，這邊請坐。」本來坐在辦公椅上的周告立即站起身來，很熱絡的招呼范柏軒坐在辦公桌面前的另一張主管椅上，「Miss張，你去幫范同學準備一杯飲料，哦……范同學你想喝什麼？可樂還是咖啡？」

「白開水就可以了，謝謝。」范柏軒囁嚅的小聲回應著。

「那就幫他準備一瓶礦泉水。」周告吩咐著張小姐，張小姐隨即關上門。

周告拿起桌上的一份像是文件的資料，看了一下，抬頭正視著范柏軒，和顏悅色的笑道：「范同學，你的整體成績，目前看來雖然還不是很理想，但進步的空間很大，只要有優秀的師資和堅強的輔導團隊在後面全力support，半年內想要突飛猛進、考上國立大學，依我的經驗，我可以向你保證，絕對是輕而易舉的事。」

范柏軒腦袋一片渾沌，根本搞不清眼前是什麼狀況。

「這樣吧，假如你願意，我想安排你到台北文新補習班的台大醫科保證班上課，那邊不只有全國最專業優秀的超強師資陣容，就連班上的同儕也是最頂尖的建中和北一女學生，在那種環境的耳濡目染和潛移默化之下，你明年一定可以考上非常理想的學校。」周告顯露出十分殷切的態度。

范柏軒覺得這一切都太莫名其妙了，他完全無法釐清眼前到底所發生了什麼事情。

周告繼續慈眉善目的說道：「看你這麼樣的困惑，是有什麼問題嗎？」

范柏軒支支吾吾的說道：「不好意思，我實在搞不懂你在說些什麼？」

「喔，是這樣的，想請你告訴我，不久前的一天晚上，你在劉綱的辦公室外面聽到了些什麼？就是劉綱劉主任和楊立楊主任，他們當時的對話說了些什麼？麻煩你詳細如實的全部告訴我。」周告的語氣非常親切，輕描淡寫的不著痕跡。

范柏軒現在不只是腦袋一片空白，並且還感到萬分的詫異，「你……我不太明白你的意思到底想說什麼？」

「我們打開天燈說亮話吧。」周告把桌上的電腦螢幕轉到范柏軒的方向，螢幕正顯示著四分割的監控影像畫面，在左上角的那格畫面中，昏暗的背景裡，一個人鬼鬼祟祟的蹲在一片白色牆壁的窗戶下。

范柏軒又驚又恐，「這……這是……什麼時候……」

影像中，那個蹲著的人影半蹲站起身來，往窗戶裡面在窺視著什麼。

「為什麼會有這一段影像的畫面，你就不必知道。你現在所需要做的呢，很簡單，就是把那晚你所聽到的話和所看到的事，全部都告訴我，而你馬上就可以轉到台北文新補習班上課了，另外，我額外再加碼，由補習班幫你負擔台北的房租費用，同時你還可以獲得一筆可觀的獎學金可供零用。」

范柏軒腦筋一片混亂，像是整個打結，並且四下無神。

「怎麼樣了呢？你身體不舒服嗎？」周告很和藹可親的慰問。

范柏軒六神無主的左右張望，迴避著周告的眼神，含糊的說：「嗯，我頭很昏。」

「那好吧，真不好意思，今天這樣打擾你。」周告很放鬆的說道：「等你狀況好一點後，請你務必來告訴我那晚的事情，我已經吩咐下去了，即使我不在台中，不管你有任何需要，只要交代一聲，他們都會馬上為你通報。」

「那今天你就回去休息吧，並且好好想一想那晚的事情。」周告站起身來，范柏軒也跟著站起來，周告送范柏軒走出門口時，不忘熱切的叮囑他：「希望有機會，能讓本班竭誠的來為你服務。」

范柏軒走出門外，鄒子敬早已等候在那，范柏軒低頭恍神的走過鄒子敬身旁，鄒子敬有點困惑的看著他，蹙著眉頭，心想著：「這個學生是哪位啊？竟然可以和周告單獨談話，並且讓我在外面等？」

鄒子敬大口的做了個深呼吸，敲門等候周告回應，然後入內，直挺挺的站在周告的辦公桌前。

「想必在這段時日之內，你已經考慮清楚，今日能夠確切的回覆我了。」

「是，經過再三斟酌，我已經決定好了。」鄒子敬以充滿肯定的語氣說道。

「這樣子啊，那真希望等一下我所聽到的答案，是我們雙方都能滿意的那樣。」周告很從容的對著鄒子敬說道：「由本班多次的邀請你至本班主持事務，擔任台中區補習班主任一職，請問你接受這項職務嗎？」

鄒子敬以嚴肅慎重的口吻說：「恭謹受命。」

「哈哈哈，很好，非常的好。」周告卸下了公事公辦的姿態，並示意鄒子敬坐下，

「像你這樣能綜觀全局，凡事都可打點得這麼細心周到，本班能招攬到你這種人才加入，無疑是讓本班的實力倍增，並且可以讓我更加無後顧之憂的在台北貫徹擬定好的計畫。」

「哪的話，能與您共事是本人至高無上的榮幸，您太抬舉我了。話說回來，我仍有許多要提升改進的缺失，要帶領像文新這麼多人才濟濟的補習班，內心裡實在是誠惶誠恐至極啊，這部分還希望能多多向您學習，請周主任日後不管有任何需要，都能盡量的差遣我，並且不吝賜教的指正我。」

「眼前我想請你處理的第一件事，」周告狀似愉快的拿起杯子喝咖啡，「就是將你的老長官楊立，徹底連根拔除。」

鄒子敬絲毫不意外周告這樣的想法，但他心中也不時盤算著妥善的應對之辭。

「楊立號稱是台灣補教業的教父，」周告冷冷笑道：「但他年事已高，是該知所進退了。」

「主任您希望我怎麼做？」鄒子敬審慎的問道。

「接下來的關鍵，就在這個學生。」周告將桌上的那份文件資料丟到鄒子敬面前，鄒子敬拿起來看，是范柏軒的學籍資料，以及各次考試的成績單。

「范柏軒……」鄒子敬狐疑的看著貼在檔案右上角的大頭照，想起是剛剛與自己擦身而過的學生，「主任，他是您安插在聯明要執行滲透的學生嗎？」

「不，他是忠貞不二，頭號的入德補習班學生。」周告瞇著眼微笑，話中有話，意味深長的說道。

19. 屬於我們的月光

中國農曆除夕，范柏軒獨自留在宿舍溫書，其他房間的學生老早在連續假期之前就陸陸續續的走了。按照讀書計畫表，規規矩矩的生活了一天，范柏軒非常滿意自己的刻苦耐勞，他走出房間，遊走在冷清寂靜的宿舍裡，幾乎只聽得見自己的腳步聲，一個人享受這些多餘的空間，實在是一番浪漫的滋味。

當他走到侯海青的房間，竟發現門是開的，燈光從裡面透出來。張綺的書桌就靠門口旁邊，她正伏案讀書，她抬頭看見范柏軒時，也嚇了一大跳。

「你怎麼還在這？」兩人不約而同的開口，然後呵呵笑起來。

「我肚子有點餓，你要不要一塊去吃東西？」范柏軒問道。

張綺猶疑了一下，點頭答應。於是他們兩人下樓，由范柏軒騎著他那輛二手的破舊腳踏車，張綺側坐在後方的置物架上。

一路上，張綺哼著一首范柏軒也聽不懂的歌曲。

「今天是除夕，你為什麼不回家？」范柏軒問。

「我爸爸還在趕工地的工程，弟弟也在年貨大街打工，回去家裡也沒有人。而且說老實話也不怕你笑，宿舍比家裡舒服多了，這裡我有自己的床和書桌。不過，我想等過幾天，弟弟在年貨大街的臨時工結束後，再抽空回去看看他們，畢竟每次要回家一趟的車資不便宜，也是得精打細算一下。」

「雖然你的家境沒有很優渥，但我感覺得出你們彼此之間的情感相當緊密。哪像我因為哥哥的關係，始終和家裡格格不入。」

「縱使沒有兵馬倥傯，我想我還是能懂得古人所說家書抵萬金的意思，在這人宇寰塵的萬千世界裡，我知道總有一個定點是永遠不會改變的歸向，就像是已經標記好的安然可以憑藉，有一種不變的姿態可以面對人世裡的一變再變。」

范柏軒想起過去自己的一切種種，有點觸動心弦的說道：「跟你比起來，我實在是太不懂事了。」

「別這麼說，人都是會成長的。我以前也曾經對家裡的貧困自卑過，也常和弟弟吵架，但越長大越懂事後，才能越加懂得珍惜。現在想起以前做的傻事，雖然會感到後悔，不過也因為會取笑以前，才代表自己有進步，不是嗎？」

范柏軒靜靜聽著張綺所說的每一句話，細細品味著，他覺得張綺實在是一個討人喜歡的女孩，「你真是一個善解人意又溫柔的好女孩，跟你在一起感覺就好輕鬆舒服，不像其他人，問題又多又麻煩。」

「你是指夏天葵的事嗎？」

「侯海青也一樣，還有補習班的那些紛紛擾擾也是。」

「我記得曾在媽媽生前讀過的佛家語裡看過這麼一段話，世事本因果，心繫相念是苦，遺忘是空無，記起是執著。」

「什麼意思啊？」

「每個人的路都要自己踐過踏過，要親自品嘗各種酸甜苦辣之後，才能懂的箇中滋味，或許這也算是一種執著。在這千百年來的人世間，不論是達官顯宦或凡夫俗子，一切是非成敗終隨塵土，所有掙扎的軌跡必歸虛無，而這中間滿溢人性衝突和紛擾翻騰的過程，就是這輩子來此一遭所要修行的功課。」

「這麼說來，對於人生，你看得很透徹，想得很清楚明白囉？」

「當然沒有，跟大多數人一樣，我的日子總是在重重的懊悔中前進，有時很累，便退回來作夢，但夢醒了，仍得打起精神來追逐現實，這就是人生吧，即使是踽踽獨行，也要在內心裡把持著那麼一點點熱愛繼續向前。」

「你以前都不太講話，我現在才發現原來你說話很有意思，這就叫曖曖內含光嗎？」

「我個性本來就比較內向，也不太有自信。」

「是嗎？那你的夢想是什麼？撇開聯考不講之外。」

「我希望能插上一對翅膀。」

「翅膀？」

「我想飛，可是飛不起來，我想遨遊、我想遠行、我想乘風破浪的流浪，可是卻無法，我想那是因為我沒有翅膀可供飛翔。」

「祝你能早日找到屬於你的翅膀，然後盡情的振翅高飛。」

「謝謝，也祝你能找到你自己想要的翅膀，否則只有我一個人飛，那多無聊啊。」

范柏軒莞爾一笑，「你剛剛在唱的那首歌是什麼？我怎都聽不懂。」

「是一首粵語老歌，叫〈一彎明月〉。」

「粵語歌？你會講廣東話？」

「就聽歌自己學的啊，這首歌的歌詞內容非常溫暖且激勵人心，我是看到天上的那彎明月才想起的。」

范柏軒抬起頭看天空，天際邊果然掛著一彎下弦月，「今天是三十，下弦月沒錯。那你教我唱這首歌吧，好嗎？」

「好啊。」

他們的腳踏車已騎到育才北路和三民路的十字路口，因為除夕夜的關係，所以本來應該是人潮熱鬧滾滾的中友百貨這一帶卻變成空無一人的空城，整個城市都變得安靜甚至鴉雀無聲，只剩下紅綠燈還克盡職守的規律運作。

「欸！你最好趕快坐穩，因為我要開始飛囉！」范柏軒很開心的大喊。

「你要怎麼飛啊？」

「我飛——」范柏軒站起身來用力踩踏單車的踏板，車子瞬間快速往前行進。

「哇——哈哈哈——歐嗚——」張綺不由得揚起臂膀、抬起雙腿，高聲歡叫。

他們穿越過中友百貨A、B、C館前巨大挑高的玻璃展示櫥窗，不管是復古風潮的中國古典服飾、夏日風情的海灘泳裝或是氣質典雅的精品包包，他們彷彿穿越時空，穿梭在不同時代的場景，從各種角度照射出來的展示燈就是為他們聚焦的打光，櫥窗裡故作姿態的假人就是幫他們跑龍套的配角。他們歡笑著，在這樣除夕的夜晚、無人的都市，拋棄了所有明日的煩惱和昨日的不開心。

然後，范柏軒聽見張綺再度輕輕唱起那首〈一彎明月〉：

人又像天邊的一彎月，呆呆地於空中高掛
願你闖闖出了黑暗，此刻有你在天際裡漸漸發亮
抬頭望找不到一彎月，浮雲內早不知方向
恨這刻偏偏有風雨降，只嗟漆黑我找不到去向
唯望有天我像個月亮，明亮發光將星空通照亮
為何這刻多麼地失意，悲哀運程怎可抵抗
回頭望天空那一彎月，朦朧地閃出一些光
願這光將黑暗驅散了，可否驅走我心中的悵惘，可否抹去心中的惆悵

下篇

「我要回去了。」馬蒂用她的心靈告訴耶穌。
「很好。」
「謝謝你，耶穌。」
「妳和來時的妳，還是同一個人嗎？」
「是的，還是同一個人。」
「很好。」
「我還是同一個人，而且我領悟到了，我先前的苦惱和疑問，都是可貴的過程。這些過程造成了我，所有的經歷都有意義，包括以前我所認為沒有意義的那些生活，都含有太多的課題讓我去經歷，去克服。我將不再躲避。」
「妳要往哪裡去呢？」
「往哪裡去都一樣。我想要回到我來的地方，用新的勇氣，走完我的路途。」

——朱少麟《傷心咖啡店之歌》

20. 橫眉冷對千夫指

農曆新年的連續假期結束後的第一天開課日，入德補習班的招牌已換上聯明補習班的招牌，櫃台的工作人員也全部撤換。教室內，入德的學生全部到齊，這是自去年十二月以來首次全員到齊的景象。不同以往的歡笑聲，教室裡非常安靜，所有人坐在位置上，或低頭胡思亂想、或放空發呆。

教室的前門被打開了，劉綱走進來，所有人把視線全集中到他身上。劉綱很從容的走上講台，以靜止湖水般的眼神梭巡著所有人，然後緩緩開口：「我，劉綱，在此最後一次以入德補習班的負責人身分，向各位道歉，因為本人的經營不善，導致補習班關閉歇業，讓各位蒙受無法估算的損失和困擾，我在此向各位致上最深的歉意。」劉綱向眾人深深一鞠躬。

所有學生屏息以待的看著劉綱。

劉綱抬起頭來，再度掃視了所有人，「即日起，這裡是聯明補習班，各位是聯明補習班的學生，我們現在開始上課。」說完話，劉綱打開講義，轉身拿起粉筆。

「你對我們保證過絕對不犧牲我們的權益！你說話算話嗎？請你給我們一個交代得過去的理由。」突然有一個學生高聲咆嘯。

劉綱轉回身來，望著那位站立起來的學生。

另一個學生也發難了，「你算什麼王牌名師！爛死了，一家小補習班也可以經營成這樣。」

「你騙我們的錢……」「老師，你怎麼還有臉來上課……」「你們這些補習班一開始就串通好要來敲我們一筆的，對不對……」

怒吼聲馬上如排山倒海的浪潮狂捲而至，所有學生鼓譟著，甚至有人開始揉紙團向講台上的劉綱扔擲。

劉綱像是已經死心，絲毫不閃躲避讓，他大吼一聲：「安靜！這裡是上課的教室！我剛剛說過了，現在這裡是聯明補習班，各位是聯明的學生，請好好珍惜在你們眼前所看到的一切，不管你們有多埋怨我、對我有多麼不滿都不重要，重要的是，還有很多人希望可以好好聽課和準備接下來的考試，請各位能夠以大局為重，你們只剩下四個多月就要聯考了，眼前最重要的是靜下心來好好讀書！不要受到有心人士煽動蠱惑！」

「你就是那個製造亂源的有心人士，都是你害我們的……」又有一個學生大喊。

「你沒有資格站在講台上……」「滾蛋！」「你欺騙我們……」「你不配當我們的老師……」

教室內又是一股騷動，劉綱一臉驃悍的大喝：「全部給我安靜！」

他的吼聲壓下所有人的音量，許多情緒躁動的學生，顯露出憤恨不平的情緒，目露兇光，準備再隨時發難，大幹一場。劉綱用沉穩的眼神回應著所有人的目光，以大義凜然的口氣再次強調：「這裡是教室，我們開始上課。」

所有人都被他的那股頂天立地、不卑不亢的氣勢給震懾住了，一時之間全都禁聲。

「老師。」教室中後方傳來一個女孩的聲音，是侯海青，「請問月底的模擬考之後，我們是不是就要按成績被分到不同的補習班去了？」

劉綱的眼神射向她，表情開始抽蓄著……

在楊立的辦公室內，他正透過即時監視器的畫面，觀看著這一幕。

「精彩精彩，簡直是精采絕倫。」楊立神情傲慢的哈哈大笑，「過癮過癮，好久沒有看過這等精彩好戲了。」

他拿起電話，撥打內線給櫃檯的工作人員，「等劉綱的教室下課後，找一個名叫范柏軒的學生來見我。」

他放下電話時，有人敲門，「主任，是我，鄒子敬。」
楊立稍斂了一下心神，輕咳了一聲，「進來。」
鄒子敬打開門走進去，走到楊立的辦公桌前，一陣狂亂的心跳拍打著他的胸膛。
鄒子敬正要開口時，楊立卻先說話了，「子敬，你在我手下待多久了？」
鄒子敬沉吟了一下，「十五年了。」
「原來有十五年這麼久了啊？」楊立低下頭，口吻充滿緬懷，「感謝你為聯明奉獻十五年了，你辛苦了。」
鄒子敬非常錯愕，「主任，我……」
「我還記得你剛出道，一副搞街頭運動的有為青年模樣，我原以為你是那種會因為堅持自我理想，待沒多久就會忍受不了而求去的弱者，沒想到經過不斷的人事傾軋和較勁，你卻一路爬到班主任的位置，並且把台中聯明補習班打點的這麼好，真有你的啊。」
「這全都要感謝主任您的提攜和教導，我才能有今天這點微不足道的成績。」鄒子敬態度十分恭敬。
楊立將椅子旋轉，面向窗外，他遠眺著前方，感慨的說道：「照水驚非曩歲人啊，我已經很老了，我的時代就快過去了吧，你說呢？」
鄒子敬無言以對的看著楊立蒼老的側臉。

「我記得以前，在台北各家補習班為了第一時間拉到學生，在西門町各個捷運站出口都要派工作人員進行搶人大戰，真是難忘過去的榮景時光。」楊立仍然是看著窗外的遠方，「曾幾何時，時代變了，到處都是大專院校，連大學聯考也要走入歷史，我們呼風喚雨的舞台也不見了。」

楊立把椅子轉回來，看著鄒子敬，「我知道你對我的做法有很多意見，我也知道委曲你了，但是商海浮沉，身不由己啊。」

「不！主任您所教會我的，畢生受用不盡，非常感謝您能讓我在您老人家身邊學習，您對我的恩德，沒齒難忘。」鄒子敬頓時熱淚盈眶。

「去闖出一番無人能及的成就吧，你在我底下也待得夠久了，有更好的舞台就盡情去發揮，不要埋沒你自己。」

鄒子敬壓抑著淚水滑落，向楊立深深的行了一個禮，「主任，告辭了。」

「鄒子敬。」楊立的語調忽轉為低沉嚴肅，鄒子敬微感不妙，連忙抬起頭。

楊立看著鄒子敬說道：「不要忘記你是我親手調教出來的，不要忘記你曾經是聯明的班主任身分。」

一陣陰寒從鄒子敬的腳底迅速竄升上來，他思索著楊立的話中之意。

「不要丟我的臉。」楊立最後不忘囑咐。

這時，外面有人敲門，「主任，范柏軒同學來了。」

楊立向鄒子敬招了招手，示意他可以退下了。

鄒子敬向楊立再行一個禮後，頭也不回的走向門口，當他打開門看見范柏軒，本來還沉浸在深受銘感的情懷，突然立刻轉變成截然不同的情緒，他腦海中迅速搜索著關於范柏軒的資訊。

這是范柏軒第二次與他擦身而過，他望著范柏軒的背影忖度著：「他來見楊立做什麼？難道是身分曝光，事跡敗露？還是……他是雙面間諜？」他停下腳步，回頭看著范柏軒走入門內，突然，他驚覺到門後方有一雙銳利的眼神正盯著自己，是楊立。鄒子敬連忙轉身離去。

「范同學，請坐。」楊立冷言冷語的說道。

范柏軒一就坐後，「啪」的一聲，楊立將一疊文件丟到他面前的桌上。

「對過去隱瞞不說的舉動，可說是十分失態的愚行，我們廢話不必多講，這些全是你那些狐群狗黨的資料，我已經都看過了，說也奇怪啊，你們裡面明明有中一中和中女中的學生，但五個人的成績卻都不太理想，我合理懷疑你們來重考班不是讀書，而是別有目的。你是要自己招呢？還是要我把你們一個個給揪出來？你可別告訴我，你不懂我在說些什麼？」

范柏軒將那些檔案拿起來翻看，是蔡嘉昇、夏天葵、侯海青和張綺的學籍資料，「我不懂你在說什麼？」

楊立怒拍桌子大聲斥喝：「你還在耍寶？我沒有耐心跟你瞎攪和！」

范柏軒被他暴跳如雷的猙獰模樣給嚇了一大跳。

「你說！」楊立指著范柏軒的鼻子大吼，「你們的計畫是什麼？」

范柏軒也激動的大喊：「你嗶嗶叭叭的到底在吵什麼啊？我真的不知道你到底想要怎麼樣？」

「你少裝傻！」楊立的眼睛彷彿要噴出憤怒的火焰，「你的老闆周告！派你來打探什麼？好小子啊，他的特助直接登堂入室的進來我的地盤找人，然後又侵門踏戶的挖走我的牆角！你還不承認，剛剛鄒子敬在跟你使什麼眼神？啊？還不快說！」

「你他媽的有完沒完啊！」范柏軒再也憋不住了，他覺得這一切都太荒謬了，和上一次被周告找去談話一樣，自己無端被捲入一連串莫名其妙的事件裡，每一個人都要逼自己吐漏對方的計畫，但自己明明就壓根什麼都不知道，「鬼才要打探你咧！你憑什麼向我亂發脾氣啊？是不是搞補習班的腦袋都有病？」

「你還在給我裝蒜？」楊立破口大罵，「你躲在辦公室外偷聽我和劉綱的談話，不久後你就去向周告回報，與此同時，鄒子敬投靠了周告，天底下沒這麼湊巧的事吧？事出必有因，絕非偶然，這些影像不需要我再拿出來播放給你回顧欣賞了吧？」

「怎麼連他也有那些畫面？他們到底是怎麼取得別人家的影像？這裡到處都有監視器嗎？」范柏軒心想著，不禁抬起頭四處尋找著天花板有沒有什麼可疑的東西。

「你不用找了，這裡到處都有監控，監視著你的一言一行，你最好給我老實點。」楊立疾言厲色的瞪著范柏軒。

「既然你這麼神通廣大，也就沒什麼好問我的了，反正我跟你也是雞同鴨講。」范柏軒站起身來，走向門口。

「范柏軒，你就繼續這樣演戲下去吧。」楊立冷冷笑道：「你以為憑你鬥得過我嗎？這次的模擬考就讓你們知道得罪我的下場，等我把你們這一群小鬼一網打盡之後，再特別好好的來收拾你。」

「懶得理你。」范柏軒對楊立比了一個手勢，用力甩上門。

21. 交鋒

四省中聯合模擬考第一日，第一節國文科考試結束，范柏軒拿著下一節要考的英文單字彙整筆記，匆忙走進自修教室。

夏天葵從後面追上來，在范柏軒背後苦苦哀求：「我這輩子從來沒有求過人，就當作是我拜託你。」

「我才拜託你清醒一點好不好。」范柏軒轉過身來，雙手用力搭在夏天葵的肩上，「放手吧，都過去了，過去的就讓它過去吧。」

「徐毓蓁的成績不錯，她一定會能被分到聯明補習班，我如果被分到其他補習班那就沒戲唱啦！」

「你早就已經沒戲唱了！為什麼還不肯認清事實？你不要再這樣了可不可以！」范柏軒情緒很激動。

自修教室後面，蔡嘉昇正打開角落的玻璃窗，狀似悠哉的抽菸。

「我不能再失去她！我真的不能……我會死掉……我不能沒有她……」夏天葵已經哭出來了。

范柏軒將他胸膛的衣服抓起來，用力推撞到牆壁上，大聲斥吼：「你他媽的給我振作一點！給我振作啊你！」

「喂！你們要吵去外面吵！」一個不客氣的指責聲從前面傳來，自修教室裡所有的學生全都看著他們兩人。

這時，有一個女孩走過來，用手指戳戳范柏軒的背，「欸，門口外面有一個廖小姐說要找你。」

「靠！這一次又是哪一路人馬？好，我就一次跟他們說清楚。蔡嘉昇，你勸勸他。」

范柏軒放下夏天葵，走出自修教室。

蔡嘉昇表情吊兒郎當的看著夏天葵正在低頭拭淚，他歪口斜嘴的將菸霧吐到窗外。

◇　◇　◇

新任的台中文新補習班主任鄒子敬正坐在辦公桌上，一邊看范柏軒的檔案，一邊心想著：「成績平平，家世背景普通，是間諜學生嗎？也不太像，搞不懂周告為何要這麼重視和禮遇他？還交代我一定要親自找他來問是否願意轉學的事情，這個范柏軒到底是何方神聖？為何連楊立都那麼在意他？」

傳來幾下敲門聲，廖小姐的聲音在門外說道：「主任，范柏軒同學來了。」

「請進。」

廖小姐開門，用手勢示意范柏軒入內，范柏軒走進去後，看見坐在辦公桌後方的那個人並非周告，而是另外一個人。

鄒子敬請范柏軒坐下，「是這樣的，相信經過這些時日的詳細考慮，你已經可以回覆上次周告主任的事情了嗎？」

「什麼事？」

「就是請問你是否願意轉學到台北的文新補習班上課？」鄒子敬不痛不癢的說道：「另外，周主任又表示，如果你不想去台北也沒關係，只要你願意，台中的文新補習班也很歡迎你。」

范柏軒翻了個白眼，吐了一口氣，雙拳緊握，一臉逼近抓狂臨界點的喃喃自語：「不要欺人太甚，為了問這種事情，在模擬考的下課時間特地把我叫來……」

「范同學，你怎麼了嗎？有什麼問題嗎？」鄒子敬好奇的看著范柏軒掙扎的表情，「關於周主任的提議，你決定怎麼樣？」

范柏軒霍地爆衝站起，雙手用力拍在桌上，「砰」的一聲，他大吼著：「No way！免談！門都沒有！想都別想！」

鄒子敬被這突然其來的舉動著實給嚇了一大跳，范柏軒彎腰傾身向前，用手指著鄒子敬，「不管你是要去告訴楊立還是周告，請他們如果那麼想了解對方到底在想什麼，就自己約去外面喝茶或是喝咖啡，好好說清楚、講明白，清清楚楚的講個痛快，不要老是來問我！」

范柏軒走向門口，打開門的同時，再對著鄒子敬怒氣沖沖的說道：「如果你們想對付我，要殺要剮，悉聽尊便，但是別去弄我的朋友，他們什麼都不知道，有本事就衝著我來，我沒在怕的。」

鄒子敬一陣愕然的看著范柏軒用力甩門而去，對於自己被這樣不分青紅皂白的給痛罵一頓，他搖了搖頭，苦笑了一下，將范柏軒的檔案隨意往抽屜裡一丟。

◇ ◇ ◇

晚上在宿舍裡，范柏軒坐在書桌前，複習物理的波動光學，蔡嘉昇則坐在床上，稀哩呼嚕的吃著便當。

「又有一塊雞肉沒煮熟，真是失敗。」他夾起了一塊雞丁，搖著頭說道：「人生就像是買便當一樣，你永遠不知道買到的是好的還是壞的？又像是一中街的補習班一樣，你永遠不知道報名的是好的還是壞的？」

「明天還有考試耶，你也放得太鬆了吧？」范柏軒沒好氣的說道。

「嘿嘿，本山人自有妙計，我可是好不容易才決定了這樣一個決定，絕對萬無一失。」蔡嘉昇一副老神在在的模樣，又突然想到什麼似的，「欸，我問你，為什麼那些補習班的主任都要找你去談話啊？該不會你正扮演什麼關鍵角色？在各方勢力中穿針引線，水裡來、火裡去的，哇！你這戲份很重喔。」

「並沒有，好嗎？我都快被煩死了。」

「並有，好嗎？你到底是知道了什麼驚天動地還是可以動搖國本的大秘密，我知道這世界上很多事情只能under table、關起門來講，快告訴我吧，在這個moment裡沒有什麼是不能說的。」

「我沒有什麼秘密講不出來的，我只有一肚子的便秘拉不出來而已。」

這時，寢室的門被打開，侯海青雙手抱在胸前，劈頭就問：「補習班一直找你幹什麼？你是不是有什麼事情瞞著我們？」

「靠！又是這個問題！連你也來問我，瘋了，你們全瘋了，這個世界的人已經全都瘋了！」

「一定跟最近這一連串的補習班合併還有這次模擬考後的人員分配有關對不對？」侯海青不死心的追問。

「你不要跟其他人一樣神經兮兮的好不好？讀好自己的書，考試考好一點，不就什麼事都沒有了。」

侯海青哼哼的冷笑了幾聲，「沒關係，我不會坐以待斃的，我已經決定要去外面找槍手來應付明天的考試，我絕對不會向惡勢力低頭的。」

「記得順便關照我一下。」蔡嘉昇舉起握緊的雙拳，「好姊妹，全靠你啦！」

范柏軒說道：「別鬧了，讓其他同學認出來馬上就會被抓包，補習班明文規定，找槍手考試是要退學處分的。」

「你不要那麼死腦筋行不行，跟補習班有什麼禮義廉恥好講的啊，何況因為這次考試成績的名次關係到分班的問題，所以他們故意把入德和銳智兩家補習班的學生排成梅花座，自然組與社會組的學生又刻意排排錯開，原本的座位早就被打散弄亂了，誰也不認得誰。」

「嗯，沒錯，我同意你不能再多，你的計畫果然天衣無縫。」蔡嘉昇嘻皮笑臉的讚許著侯海青。

「該說的我已經說了，你高興就好。」范柏軒無謂的低頭繼續讀書。

「還有，你為什麼不幫夏天葵？你存心見死不救是不是？他說過，他可以接受失敗，但無法忍受遺憾，你就不能有同理心一點的幫幫他嗎？哪怕只有一點點。」侯海青繼續追擊。

范柏軒愣了一下，隨即不甘示弱的反擊：「遺憾就了不起喔？既然他說可以接受失敗，那正好啊，他現在不就是已經失敗了，他為什麼不接受呢？為什麼不肯好好面對現實呢？」

「拿得起、放得下、看得透、想得開，又不是說說就好那麼簡單能夠做到的，遺憾是直到年老之後，不論何時再回想起來，都會有椎心刺痛的痛楚，心裡面永遠只能悔恨的難過，你能懂嗎？」

范柏軒深呼吸了一口氣，緩緩的說：「遺憾，也要學會釋懷，人生才能走下去。」

「那你能釋懷嗎？」侯海青眼神銳利的逼問，「你說得好聽，那你自己呢？對於你哥哥的那份仇恨，以及你成天想要打敗他而許下的誓言，我請問你，你釋懷了嗎？」

范柏軒胸口劇烈起伏，半天吭不出聲來。

「很好，這下我可終於明白，為何你能夠甘之如飴的面對補習班這些強壓欺人的手段了。」侯海青漠然的說道：「這是你的戰爭，你一心只想營造得漂漂亮亮，所以不願潦潦草草的結束，你是個唯美主義的笨蛋，但卻視朋友陷於苦難而不顧，更是一個有被害妄想症的混球，你哥哥並沒有錯，我相信他根本從沒想過要對你怎麼樣，自始至終，錯的只有你自己。」

范柏軒仍然是無言，臉色難看的瞪著侯海青，蔡嘉昇見狀連忙跳出來緩頰：「喂！大家都是好朋友，有什麼不開心吵吵架就算了，何必把話說得這麼絕呢？」

「我沒有像他這樣冷酷無情、說話苛薄的朋友，他不是我的朋友。」侯海青的口氣像是一把冰冷的劍。

范柏軒站起身來，「好，非常好，你們一向喜歡在這裡胡鬧鬼扯嘛，我讓給你們，讓你們鬧個夠！」說完後，他走出門外。

「范柏軒，」侯海青叫住走廊上的范柏軒，「我覺得你很可憐，一旦你失去這個可以怪罪的理由，面對失敗，你還能有什麼藉口？」

范柏軒走出宿舍，下意識往水利大樓的方向走去，他越走越快，越走越快，接著是狂奔，並且開始流淚，然後是痛徹心扉的大哭起來，他再也抑制不住內心裡面的那股奔湧上來的悲愴，他覺得自己一無是處，並且萬念俱灰，一直以來自己所捍衛的那份堅持被擊破了，為了鞏固自己的信念所構築的護城河和城牆霎時全粉碎崩垮了。

他拖著痛苦而又掙扎的軀體，來到水利大樓前的ＴＣＣ廣場，他一邊走路一邊用手臂抹掉眼淚，然後頹然的坐倒在大理石花圃上，他望著眼前的籃球架以及黑夜中的水利大樓，不禁再度悲從中來，他極度壓抑不要縱聲嚎啕大哭，所以身體因哽咽而劇烈顫動，他彎下腰，將頭埋進雙手，他痛苦的弓起全身，蜷曲起來，眼淚縱橫。

「為什麼、為什麼、為什麼……」他雙手抓著頭左右晃動著，渾然不覺有一個人走到他的身旁蹲下，那人伸出手輕拍著他的背。

過了良久，范柏軒抬起頭來，一把鼻涕一把眼淚的看著眼前的人，是柯家婕，正對著他報以不捨的微笑。

22. I just dance in the sweet memories

半夜，范柏軒和柯家婕共騎著一台機車，穿過蜿蜒的山路，來到望高寮，俗稱的東海古堡。雖然這邊地處偏遠，周圍又全是荒煙蔓草，幾無人煙，但因為視野遼闊，氣氛神秘，所以算是中部地區相當知名欣賞夜景的景點，也常有許多大學生會來此夜遊烤肉。被稱為古堡的地方，其實是抗戰時期所建造的一個地底防空壕，內部已經封閉，入口處在地面上隆起一個土丘，土丘上全是黃土和叢生的雜草堆。

范柏軒和柯家婕在馬路邊停好機車後，就散步走到土丘上，坐在土丘的邊緣，讓兩腳懸空晃蕩。

「看來我還是一個人比較好，我不適合和別人相處。」范柏軒心情已經平復許多，望著遙遠前方的中山高速公路與中港路，宛若兩條金光閃閃的飛龍橫掛在大地之上，上面來往前進的車燈猶如金龍身上的血液在迅速奔流。

「如果你真的這麼做，你以後一定會後悔，也許是三年、五年，或者十年以後。」

「恐怕不用過那麼久，我就已經活活被他們給氣死了。」

柯家婕沉默了許久，抿緊雙唇，低下頭，任風吹拂髮絲摩娑臉畔。前方一大片如膝般長的蔓草隨風而偃，煞是好看。

「還記得你曾幫我翻譯過的一篇英文嗎？The trip of memory。」柯家婕終於開口。

「嗯，回憶之旅，我記得，How wonderful if I could lose all memory before，會有多麼美好，假如我能輸掉所有以前的回憶。」

「其實這篇文章是我寫的。」

「你寫的？」

「是我投稿郵報，刊登在上面的文章。文章的內容全是在悼念我這一生最好的朋友，也就是小狗土豆的主人，陳靖裴。」

「悼念？什麼意思？難道她已經死了？」

「對，她已經死了，而且是被我害死的。」柯家婕神情淒然的說道：「那是一段，我一直在逃避的回憶。」

柯家婕的語氣充滿了詭異和悲涼的氣息，在這黑暗所籠蓋的夜空與大地，一切空間彷彿整個陷入柯家婕的時光隧道裡。

◇　◇　◇

那時，柯家婕就坐在教室的西邊，每次換座位，她都能夠揀到這一個西邊靠窗的位置。下了課，同學們爭相想加入樂儀隊，能穿上英挺帥氣的儀隊制服是每一個女孩心裡的一個小小虛榮心的夢，但她卻在每日的下課後就去田徑隊報到，她專攻四百公尺中距離跑，因為必須兼具百米短跑的爆發力與長跑的持久耐力，所以四百公尺是田徑裡最難、最有技巧的一個項目，而她，從國中開始就是這個比賽項目的區運紀錄保持人，因此大家都叫她柯老大。

當時的她因為獨來獨往而顯得孤立，但卻又保持著一種莫名的靈活，好像任誰也抓不住，成績優異，運動傑出，從來沒事難倒過她；因為文武兼備，所以一切總安安穩穩，並且出色。她的出色不只表現在課業上和體育上，更由於她那一份特別的冷靜，讓別人無法越雷池一步而親近，她的朋友只有她和她自己，這讓她更顯得獨立聰敏，似乎笨拙和脆弱是完全與她絕緣不存在的。

於是她很理所當然的被選派參加國科會的高中數理資優甄選，並且考核通過而被集結到新竹清華大學，接受為期半年的科學輔導計畫。與她同行的，還有一個是她的同班同學，陳靖裴，一個她幾乎完全陌生，也沒什麼印象的女孩。

然而她們竟然很快的就結為莫逆之交，這一切來得突然卻是那麼理所當然，柯家婕強悍冷靜、陳靖裴溫柔婉約，她們碰撞出來的化學反應在所有方向恰巧平衡、自動填補。

她們的足跡踏滿了清華，大半夜殺到光明頂去夜遊探險，在成功湖旁邊彈琴，在老舊的綜合教室走廊奔跑追逐，摘取垂到教室裡結實纍纍的松果，為了驗證比爾定律在實驗室熬夜攪拌硫酸銅溶液的濃度，鐘聲響起跑去水木餐廳吃自助餐，還有在人文社會學院的頂樓，聆聽千軍萬馬、氣勢磅礡的風聲來回呼嘯……

下學期中，科學輔導計畫告一個段落，她們又會回到本來的高中校園，同學們正訝異於她們是什麼時候開始形影不離的同時，她們之間的友情亦開始遭受激烈震盪的考驗。由於對文學始終難以忘懷，陳靖裴最後還是下了一個十分沉重的決定——轉組，從自然組轉社會組。

這是騙！柯家婕無法諒解，也許她自己也不知道，自己已經習慣陳靖裴依賴在她的身邊，陪她歡笑，陪她消磨整日的時光，她不能原諒陳靖裴對她的背叛，或者說是背離。

於是柯家婕又恢復了昔日的孤單孤立，並且不再理睬陳靖裴，把她當作隱形人視而不見，任她的叫喊呼喚都充耳不聞。

某一天課堂上，柯家婕正偏頭望著窗外的天空發獃，隔壁座位同學悄悄傳來一張紙條給她，上面寫著：即使你在西半壁荒涼的沙漠，也別忘記還有一個很不錯的朋友，就在中央山脈的另一邊，在這多情的江南……

下課時，柯家婕起身走到陳靖裴的課桌前，原本低頭寫字的陳靖裴抬起頭看著她，柯家婕將紙條揉成一團丟在她面前，口氣堅硬冰冷的說道：「不要故作可憐，裝成無辜，因為那樣很令人厭惡。」

教室內一片安靜，其他女同學全都看著她們兩人。柯家婕說完話後，很無謂的走開了，獨留下陳靖裴怔怔的，緩緩的拿起那被揉成一團的紙條，她的臉頰滑下不爭氣的眼淚，她淚眼婆娑的將那張紙條使勁攤平的壓好、再壓好……

柯家婕代表台中高中女子組，被派去台北比賽的同一晚，陳靖裴從住家八樓的公寓，輕輕探出了她的身子……

當柯家婕得知噩耗，火速趕回台中的時候，陳家已搭起靈堂，輓聯是這樣開頭的：陳靖裴同學千古——痛失英才。

即使是五月初夏，空氣裡也掩不住冷冷的陰寒，柯家婕茫然漫無目標的眼光映出一張熟悉的面容，她回神一看，是陳靖裴高掛堂上的遺照。柯家婕深切的望著她的照片，她苦，早該明白的，就算是無怨無悔，她也始終在心裡抱著奢望，一心只希望能和自己再重歸舊好。

柯家婕望著遺照裡面她的微笑，那曾經陪伴自己一路走過，再熟悉不過、同時從這世上消失不再的笑顏。以前的陳靖裴什麼話都沒有說，總是伸出一隻溫熱的手，讓柯家婕牽著，而如今，這個年輕生命，卻是用血在地面上灑下幾個句點，頭也不回的走了。陳爸爸交給柯家婕一封信，說是陳靖裴留給她的，柯家婕頓覺萬般悽苦，激動得幾乎昏厥。

之後柯家婕開始不去學校，也不再回家，她租屋在陳靖裴的住家附近，每晚到她家帶陳靖裴生前所養的寵物土豆，出去遛狗。所有的人，包括家裡的親友、學校的師長，甚至是陳靖裴的父母，雖然痛惜柯家婕，但沒有一個人覺得奇怪，以為這只是暱友之間的依依不捨。只有柯家婕自己心裡再清楚不過，她過不了這一關，她盡一切努力的去追尋關於陳靖裴的回憶，同時卻也逃避著自己。

不久後，在她打工的地方，范柏軒對著她大罵：「難道你絲毫無法體諒一下別人的狀況嗎？」

她先是一臉怒容，但隨即想起自己無法體諒陳靖裴因而鑄下大錯，當時她變了另一個臉色，欲言又止。

第二次遇到范柏軒，范柏軒告訴她：「逝者已矣，來者可追，過去雖不可改變，但回憶卻可以選擇，過去的，就讓它過去吧。」

柯家婕知道自己終究必須會面臨走出逃避的那一天，她不是害怕面對失去的現實，而是難以割捨，無法放下追尋已經逝去不在人世間的陳靖裴。逝者已矣，以那樣美麗而絕然的姿態遠去了，但衣帶漸寬終不悔，命運的不可抗拒就像冥冥之中無法言明的安排，留戀相濡以沫的過往，終化作一顆晶瑩剔透的淚水。

◇　◇　◇

「料是人間留不住，朱顏辭鏡花辭樹。」柯家婕淚流滿面的說道：「生死遑論，忘不了的回憶，每晚在我的睡夢中，像是一層層的網不停的更迭而來，無法見面的日子像照片一樣，她的背影和微笑始終在我的夢裡徘徊，而我們也只能在夢裡相見，只能隔著玻璃互相揮手，任憑嘶吼也沒有用。」

「所以我所看到的那滴眼淚，就是你為陳靖裴而留下的眼淚？」范柏軒訝異的問道。

「我們兩個就像是逢旱的兩尾魚，遲早都要各自去尋找可以大力呼吸吞吐的水域，讓各自都能悠游。但我卻自私跋扈的想佔有她，不讓她起身前往她的江湖。只恨自己沒有最堅固的扳手和力氣，將早已深釘入土的過去種種用力扳起，現在只能憑藉細細追索淡去的過程，回想昨日萬象，所以在那篇英文的最後我寫下，I'm missing the days,every time I think of you, I just dance in the sweet memories.」

「范柏軒，」柯家婕偏過臉來，對他說道：「好好珍惜你那些朋友吧，不要去傷害任何對你好的人，最起碼你要想到這是一個對我好的人，我不應該讓他痛苦。」

柯家婕突然再也抑止不住，嚎啕大哭起來，她對著遠方哭喊著：「對不起！陳靖裴，是我錯了，我永遠都無法原諒我自己！」

范柏軒不捨的輕擁住她，柯家婕的頭靠在范柏軒的肩上，痛哭涕零的喃喃說著：「我一直以為這是不可能，在我剛強武裝的外表下，原來在這世界上，真的有人肯用她的真心來貼我的心，我卻狠狠、狠狠的傷害了她……」

柯家婕從外套口袋裡拿出一張折疊整齊的紙，攤開來遞給范柏軒，「這是她最後留給我的遺書。」

范柏軒輕輕的接過那張紙，上面寫著：

西半壁荒涼沙漠的風雖然令人乾渴，

但是我知道，

綠洲已經在不遠的地方……

范柏軒看著這娟秀飄逸的筆跡，彷彿看見了陳靖裴的身影躍然紙上……

23. 過客

四省中聯合模擬考的第二日早晨，侯海青推開新人類的玻璃門，果然看見柯家婕就坐在櫃檯裡面，她走過去用手指關節敲了敲櫃檯桌面，「欸，我有事想請你幫忙。」

柯家婕抬起頭看著侯海青。

「今天的模擬考，你可以幫我去考嗎？」

柯家婕遲疑了一下，「是范柏軒叫你來找我的嗎？」

「別提他啦，那個死沒良心的。」侯海青將上半身趴在櫃台上，「是我找你的，如何？願意幫這個忙嗎？」

◇　◇　◇

隔天一早，補習班門口的布告欄貼出一紙公文，內容是說蔡嘉昇在模擬考的第一日晚上，潛入補習班辦公室偷竊考試題目，依班規規定，立即開除，即日生效。

原來那晚，蔡嘉昇在范柏軒的房間所說的妙計，就是三更半夜裡魯莽的跑去補習班偷考卷，而這個過程全被監視器錄影下來，成為罪證確鑿的呈堂證供。

晚上，范柏軒陪蔡嘉昇喝了個酩酊大醉，兩人走在深夜育才北路的馬路中央，縱聲歡唱。清晨一大早，范柏軒從睡夢中被搖醒，發現自己躺在蔡嘉昇的床上，蔡嘉昇不知何時已經收拾好行囊，一臉神清氣爽的像是要去哪裡旅遊遠行。范柏軒幫忙提了一個行李，陪他走到公路局的干城車站。

看著蔡嘉昇狀甚愉快的排隊買票，范柏軒忍不住問他：「欸，為什麼不論面對什麼事，你都能保持這樣的輕鬆愉快？」

蔡嘉昇笑著說道：「當你喜歡而投入，再小的事情都將會具有無比的意義，所以我不管做什麼都很開心。」

開往西螺的車進站了，蔡嘉昇上車前，用手拍了拍范柏軒的肩，「還有，我相信在這世上，沒有什麼是不可能的。反正現在離聯考還有四個月，隨便找一家補習班再進去窩一下，半年後又是一條好漢，那就後會有期囉。」

望著蔡嘉昇雙手提著行李走上公車的背影，范柏軒回想起蔡嘉昇第一天提著行李來到補習班，就是自己帶他去宿舍的……

范柏軒知道，像蔡嘉昇這樣陪自己走過一個階段的人，在往後人生裡將不知還會遇到多少個，而人生，就是不斷的和不同的人相聚、分散，相聚又分散。李白所說的：「萬物逆旅，百代過客；浮生若夢，為歡幾何？」也許就是送給蔡嘉昇的最佳寫照吧。

當范柏軒走回補習班時，模擬考成績已經出爐，考試成績的名次也已經公告在布告欄，布告欄前擠滿了忙著查詢結果的學生。范柏軒也跟著擠進去，他在人潮推湧之下，萬分緊張的尋找著那長串的名單上，自己的名字在哪。

終於，他看見自己的名字了，名次不前不後，差不多在中間。然後他被人群給擠出來，恍神的走回教室，心想著，中間的名次會被分到哪裡去呢？

正當他行經櫃台的時候，一個工作人員叫住他：「楊立主任找你，要你盡快過去他的辦公室。」

「楊立……難道是和蔡嘉昇偷考卷被開除的這件事有關？」范柏軒心念及此，隨即火速趕往位在樓上的聯明補習班本部。

范柏軒打開門，就看見楊立正邪惡的對著他笑，而讓他詫異的是，侯海青和張綺竟然也坐在裡面。蔡嘉昇才剛被弄走，眼前這樣的景象，讓范柏軒倍感不安，於是他一步一針氈的緩慢走向楊立。

「范同學，請坐。」楊立笑容滿面的示意他坐在侯海青和張綺的旁邊，「現在蔡嘉昇已經被開除，雖然還差一個夏天葵，不過他自從模擬考第二天缺考以來，至今沒再出現過，那也就不足為懼，不用管他了，既然人已經到齊，我們就開始展開調查吧。」

乍聞夏天葵的消息，范柏軒瞠目結舌的說道：「什麼？夏天葵缺考？」

楊立繼續說道：「范同學，你應該知道，我有多麼樣的關心你們這群朋友吧，你們的一舉一動，我可是都必須很注意才行，但沒想到才一次的考試，就把你們全都給打回原形，得來全不費工夫呀。」

范柏軒壓抑著陡然升起的怒火，「你到底還想怎麼樣？」

「這句話應該是我的台詞、是我要問你的才對吧？模擬考第一天，國文才剛考完，你就馬上去跟文新補習班的鄒子敬見面，真讓人好奇，究竟是發生什麼緊急事件，讓你非得在模擬考期間的短暫休息時間去見他不可？話再說回來，我又很納悶，怎麼會剛剛好所有事情全撞在一塊？一下子你們全都動起來了，一個比一個還忙啊，密謀通報的密謀通報，缺考的缺考，偷考卷的偷考卷……找槍手的找槍手……」楊立將電腦螢幕轉向他們，影像中顯示著一個長髮女孩坐在人群中低頭寫字的畫面。

范柏軒越看越驚恐，這是柯家婕！

「請問侯同學，」楊立對著侯海青奸巧的笑著，「你是短髮，這長髮的女生顯然不是你，那這是誰啊？怎麼會擅自坐在你的位置上，替你考試呢？而且……這考卷改出來，分數高得不可思議呀。」

侯海青臉色一陣鐵青，這時，桌上的電話響起，楊立接起來。

「台南的……侯總經理？你立刻幫我轉接進來。」楊立眼神投向侯海青，侯海青像觸電一樣，整個人僵硬木然。

「侯先生，久仰久仰……哪的話、哪裡哪裡……是……是……是……經過本班再三確認，是令嬡沒錯……不不不，事情不是這樣的，不是像侯先生您所想的那樣……身為補習班的主任，我必須一肩扛起教育的義務，負起嚴加管教的督導之責，我會盡速給您一個明確的交代，只不過……是……是……國有國法，家有家規，補習班可也得遵照一定的制度才行，否則豈不全亂了……是是是……」楊立在電話裡一副又是煩惱、又是不安、又是關切的口吻，簡直是演足了戲，但實際上卻不斷的對侯海青狡獪的冷笑著。

侯海青按捺不住的用手指著楊立大吼：「你這混帳！你別跟我的家人胡說八道，這是我的事情和他們無關！」

「是是是……是令嬡的聲音沒錯，這……侯先生您別誤會，令嬡只是結交到素行不良的壞朋友，沒能趁早發現，及時匡正，是我怠忽職守的疏失，我在這邊跟您道歉、賠不是……這……」楊立佯裝口氣為難，但實際上卻是得意洋洋的表情，「找人代考是重大的舞弊行為，當然本班一切均以學生的學習為優先考量，您說發生這樣的事，情節雖然是可大可小，但補習班畢竟是培育學生進入大學的搖籃，我和所有的老師，同樣被託負春風化雨的期待，關於您所要求的……這個……恐怕……」

侯海青火冒三丈，氣得簡直要昏過去，楊立竟然能如此搬弄是非、顛倒黑白，他所說的一切分明是強詞奪理。侯海青克制著自己跳上前去揪他頭髮的衝動，只求上天顯靈，現在就立刻懲罰眼前這個偽善的大說謊者。

「好的，侯先生，我會做到最周全的處置，並盡速給您一個不讓您失望的答覆，最後感謝您，對本班有這麼深的期許，讓您操心了，多請見諒，謝謝，再見。」楊立放下了電話，對著他們說道：「范同學和張同學，你們事前一定知道侯同學找人代考的事情吧？身為好友的你們，怎能眼睜睜看著她誤入歧途而不攔阻呢？知情不報，等同共犯，這下該怎麼辦是好？你們全都得被開除退學，不容寬貸。」

「他們事前並不知道，這是我一個人的事，跟他們無關。」侯海青斬釘截鐵的說道。

「是嗎？他們會不知道？」楊立陰險的笑著，「侯同學啊，令尊對你有很高的期盼，因此我答應他盡量能夠從輕發落，但你總也得給我一個台階下啊，否則我怎麼表率給其他老師和同業看呢？這樣吧，只要你肯供出他們兩人是共謀，我就當作你是因為受人唆使，一時不察才不小心犯下這個錯誤，而我又姑念你是初犯，且聯考將至，故而從輕量裁，給你一個改過自新的機會，你覺得怎麼樣呢？」

「你少在那邊惺惺作態！我不會讓你得逞的。」侯海青憤恨不平的說道。

「侯海青，」楊立表情化為一道狠勁，「你的父親在地方上也算得是一號有頭有臉的人物，如果你從外面找槍手進來代替考試的事情被公之於眾，大肆報導在新聞媒體上，哼哼……」

「你這王八蛋！我跟你拼了——」侯海青猛然站起來，作勢要翻過桌子，范柏軒和張綺連忙起身去拉住她，侯海青一邊掙扎，還一直發狂的嘶吼：「你媽的！我要跟你拼了！」

24. 相忘於江湖

侯海青離開的那晚，她家裡面的豪華休旅車停在宿舍樓下，她家的傭人忙進忙出的幫她打包物品，搬到車上。范柏軒和張綺站在宿舍門口向她道別。

張綺流著眼淚和她緊緊相擁，侯海青反倒笑著為張綺打氣，「加油囉，連同我的份一起努力，你一定要考上好學校。」

侯海青對著范柏軒說道：「保重囉，你也好好加油，幫我照顧張綺，幫我保護她，不要受到補習班的欺負。」

范柏軒定定的看著侯海青半晌，「你為什麼不供出我們？這樣你就可以不用被退學了。」

侯海青很爽朗的笑道：「張綺是我的好姊妹，而你是我的好兄弟，這樣就夠了。」

「到現在你還想逞英雄嗎？」范柏軒挖苦的笑著。

「范柏軒，你是對的。」

「啊？什麼？」

「柯家婕說得沒錯，我一直想要追求理所當然的自我，但我從沒想過自己到底想要變成什麼樣的人，只是叛逆得連跟自己都要過不去。」侯海青露出一抹自我調侃的笑容，「但你卻做到了，你一直走在你想要的道路上，堅守自己的方向。這點我真的遠不如你，我是真的該好好向你看齊的。」

范柏軒也露出沉重的苦笑，「不是的，我不是像你所說的這樣……」

侯海青將額頭靠在范柏軒的左胸上，「只要相信你所相信的，一直去找，終有一天會找到。」

范柏軒怔了一下，侯海青繼續說道：「答應我，不要讓自己變成自己所討厭的那種人。」

侯海青將頭移開范柏軒的身體，對他淺淺一笑，然後又跟張綺最後一次擁抱，就上車離去了。

◇　◇　◇

范柏軒和張綺開始過著顛沛流離的生活，他們與其他許多學生一樣在補習班與補習班之間遷徙流浪，常常是因為教室坐位不足或臨時老師人手調度有問題，他們就只好被告知要轉往哪裡上課，常常也是一波三折，補習班之間也是互相推諉，像他們這樣沒有自主權的學生是沒有管道可申訴的。

范柏軒曾經在某一次的人群裡看見夏天葵，他雙眼呆滯無神，好像歷經了什麼大災難的劫後餘生一樣，只說了幾句「人對於失去的感覺永遠比擁有還要來得真切和深刻……」「有一些美好的事物將會一直保持美麗的存在你的生命之中……」之類的話，就又淹沒在人群裡，不知去向所蹤了

然後時間很快就進入聯考倒數的一百天內，大考之日的迫近是越來越真實了。但楊立還是沒打算放過他們，這一天，楊立又找來了范柏軒。

「好啦，你的那群朋友閃的閃、滾的滾、翹的翹，你鬧也鬧夠了，現在聯考就快到了，我不管你是不是真的有打算要考試，等聯考之後，你就要滾蛋了，除非你再報考一次。」楊立冷笑著，「就算我聯明補習班肯招收你，明年也沒聯考可考了。既然已經到了這種時候，你不妨就直接坦白的告訴我吧，周告派你來的目的是什麼？別忘了，我現在要攆走你，或者是張綺，都是輕而易舉的事。」

范柏軒知道即使全盤托出自己所知也沒什麼效用，當前的困局就是任何的說詞都左右不了楊立的心證。

「周告問我，要不要轉學去文新補習班，他答應讓我進入台大醫科保證班上課。」

「嗯？有這等好事，天下沒白吃的午餐，你們的對價關係是什麼？」

「他要我說出那晚在劉綱主任的辦公室外聽見了你們在說什麼，但我沒跟他說任何事情。」

楊立忖度一會兒，總覺得有哪裡不太對勁，自己想要吞併入德補習班的野心，雖然嘴巴上不道破，但司馬昭之心，人盡皆知，周告沒道理再去問別人，更何況平白無故讓范柏軒進入他所創辦最自豪的台大醫科保證班，這其中一定還有別的隱情。

「你別跟我用擠牙膏的方式，問一點，擠一點，你還不快照實說出他的全盤詭計！」

范柏軒很冷靜的想要擬定一套無懈可擊的完美演繹說詞，但他實在沒有辦法，他知道的確實就是只有這樣而已，就在他費心苦思，焦頭爛額之際，桌上的電話響起了，楊立拿起話筒接聽，打來的人是楊立在台北殘存勢力的親信。

「什麼！你說這是什麼時候的事？」楊立的臉色由冰涼轉為火燙，又由紅轉白，最後發青。

他放下話筒之後，口中不停低聲語囈著，他突然用手指著范柏軒，目露兇光，粗暴的怒吼：「你到現在還在狡辯！你還敢說你在這整件事情裡面完全沒有關係！你這個混蛋！」

25. 梟雄末路

鄒子敬放下電話筒，內心一陣騷動，難以平復，原來周告老早和台北南陽街的另外一個巨頭，瀚林補習班的蔣志堯，密謀結盟，提出高中全科補習班的概念，也就是將一般各別科目的補習班與重考班兩種型式相融合。

一般高中生的課後補習都是單科目的報名居多，以英文、數學、物理、化學為市場上的主流，這些科目捧紅的名師更是多如過江之鯽，因此自然組的補習事業一向是市場上的大宗，而自然組的強勢也是文新最引以為傲的項目；但全科班則是所有的科目全都囊括，各科目的課程勢必更加濃縮和精華，於是在這方面正好可以借重瀚林補習班在社會組科目上的優勢，雙方的結合就利益上的考量，確實完美無缺。而這對補教業來說，更是一份創舉，它將產生革命性的嶄新型態，強烈衝擊傳統單科補習班的經營模式，至於即將走入歷史的重考班就無須贅言了。

但這麼樣重大的決策，自己怎麼會到現在才知道呢？自己好歹也是台中文新補習班的主任，日後也是要在台中推動這項新政策的負責人，怎會被忽略而晾在一旁？於是鄒子敬立刻撥打電話給周告。

「鄒子敬呀，我正在和蔣志堯主任他們開會，有什麼事情待會再說。」

「主任，我想請問您的就是關於這事，這麼重大的決策為何事先完全沒有告知我？」

周告停頓了幾秒，「有時候，善意的謊言對大家都會比較好。」隨即掛上電話。

鄒子敬聽著話筒傳來的「嘟嘟」聲響，沉緩的放下話筒，他不安的思索著這一切，他忽然想到什麼似的，起身走到鐵皮櫥櫃前蹲下，拉開櫥櫃鐵門，裡面塞得滿滿全是文件資料夾。他迅速翻找著，不久抽出了一紙公文，是去年年底入德補習班陷入經營危機時，台中市補教協會發文來文新補習班，要求提供援助，而當時候的班主任還是陳毅，他在公文末處明確裁示，將不予以任何協助。

鄒子敬一直以為那時是因為陳毅即將卸任，轉赴台北，無意在這件事情上面分神費心，但現在想來卻似乎並非那麼單純，他立即撥打分機給補習班內最資深的行政執行洪姐。

「當時這份公文是陳主任親自批示的嗎？還是周主任授意的？」

洪姐思索了一會兒，「我記得是陳主任向周主任請示之後才回覆的，我們馬上就行文回去了。」

鄒子敬放下話筒，整個人癱在椅背上，他的思緒全亂了，但卻又隱隱約約的理出頭緒，原來周告從一開始就不打算幫助劉綱，檯面上向他示好，拱他的身價上去全是別有居心，周告根本不是想與劉綱結盟，而是想利用劉綱來釣楊立上鉤。楊立不僅上鉤，並且還大費周章的犧牲掉銳智補習班和入德補習班，為補教業帶來一場腥風血雨的災難，同時親手摧毀台中補教業穩定運作的機制與架構，等於替周告舉旗南下幫了一個大忙。

而自己不也是周告的一顆棋，周告以招納自己的名義引發事端，模糊楊立關注的焦點，碰巧又殺出范柏軒，周告早就料準范柏軒不會答應交換條件，轉學到文新補習班，周告只是藉此製造出更多的煙幕，混淆視聽，讓楊立深陷泥淖、疲於應付，無暇他顧，一直在這些枝微末節窮打轉，導致忽略周告一舉一動的最佳反制時機，而這一切的一切，全都是為了布局如合秘密與蔣志堯進行結盟，在外界誤以為他們還在台北進行兩大霸權爭奪戰的不知情下，他們逆勢共商推出高中全科班這樣的策略，營造出已經不會再有對手有能力反抗的局面了。

狡兔死，走狗烹，自己接下來的下場也不難預料了，更何況自己是他的死對頭楊立的嫡傳子弟。

「早就有這些有跡可循的眉眉角角，我竟然都沒發現。」鄒子敬忽然慘笑起來，「枉費我一向自視甚高，以為對所有事情都能高竿處理得面面俱到，這次竟然栽了。」

「哈哈哈哈哈……楊立啊楊立，算盡心機和權謀，我們都自以為比別人更高明一等，並以為可以在補教業的歷史上被記下創建皇圖霸業的一筆，讓世人敬畏傳頌，但其實我們全輸了，我們在世人的面前都輸了。」鄒子敬仰天長笑了起來。

26. On your mark

夜晚的台中一中，高三的教室慎思樓還燈火通明，裡面正有許多為了一個月後的聯考而在奮戰的高三學生。范柏軒穿著運動短褲坐在運動場前的司令台，他低頭綁緊了鞋帶。不久後，柯家婕也是一身勁裝的從旁邊走出來。

「真要比？」范柏軒語帶輕蔑。

「對，之前就說好的。」柯家婕走到范柏軒的旁邊坐下來，雙手撐著司令台的地板，讓雙腳晃蕩。

他們兩人灑溢沉默，靜靜的看著前方的籃球場，有那麼多穿著中一中制服或運動服的學生在穿梭奔馳著。

「我剛剛刻意繞了這校園一圈，說實話，我在這個地方待了快一年，第一次踏進來這校園。」范柏軒很輕鬆的說道。

「為什麼？因為你哥哥的關係？」

「嗯，我能夠想像他在這個校園裡所擁有的十二季翩翩風華，他為此付出過相當的努力，這是他應得的，他並沒有錯。我記得你問過我，會不會後悔和哥哥錯過了一段很長的相伴成長歲月，我想，我可以確定的是，原來不需花費一輩子的時間，我終於體會到，我和他彼此是此生唯一不可再有的手足兄弟。」

柯家婕笑道：「對，過去的就讓它過去吧，手足本不該被塑造成競爭或比較的對象，你們之中誰都無須負擔童年的責任，就如你自己說的，就算有遺憾，也要學會釋懷。」

「其實……」范柏軒遲疑了一下，「我這輩子，曾贏過哥哥一次。」

「是嗎？贏過他什麼？」

「國小六年級時的運動會，六十公尺的賽跑，我和他被編排在同一回合，我贏了。」

「恭喜你，請問贏他是什麼感覺？」

范柏軒仰頭望向天空，深吐了一口氣，「在我跑上台領獎時，當時是那麼樣的確定，沒有半點懷疑，我覺得有陽光在我的身邊，陽光是那麼的美好，好像為我擊起了光亮的掌聲，不管是昔日十二歲的他，還是今日十九歲的我，應該永遠都不會忘記那個時候的陽光，溫暖的令人想要緊緊擁抱。」

「所以你以為待會還能用賽跑贏過我？」柯家婕促狹的笑道。

「雖然你是柯老大，但我不會輸你的。」范柏軒很篤定的口吻，「對了，你也快聯考了，你有何打算？繼續這樣放逐下去？」

「我的回憶之旅已經結束了，上次與你談完後，我又去了一趟新竹，最後一次走過我和陳靖裴所留下的回憶，在光復路上從科學園區走到馬偕醫院，晚上去內灣看螢火蟲，週末在東城門看樂團表演……原來悲傷不只是我一個人權利，我已經在不知不覺中傷害過很多人，出走放逐，並不是我唯一能做的事。在回程的火車上，當車行駛到白沙屯的時候，望著鐵路底下滾滾而去的潮水，我似乎能夠逐漸明白，生命就像這趟旅程，沿著鐵軌不斷前行所發出的聲音才是一種最鏗鏘的絕美，雖然這個過程必須不斷丟棄隨身之物，那也沒有關係，海饋我潮聲，天贈我白雲，就算只有一片葉子也無妨，因為生命將自行安排，並且永不停歇或等待。」

柯家婕繼續說道：「我不用聯考，我早就保送大學了。我之後的教授是專門負責訓練國際奧林匹克競賽的指導老師，我已經接受國家徵召成為代表選手，明天就要出發去中央大學進行集訓了。」

「你真的很屌，有你這樣的朋友我與有榮焉。」

「有望得到的，要努力；無望得到的，不介意；無論輸贏，姿態都要漂亮。范柏軒，謝謝你陪我經歷過這一段旅程。」

「柯家婕，我也謝謝你，讓我在背對的冷漠和不屑裡學會體諒。」

他們兩人相視一笑，一起走向跑道的起點。

「等一下我會依序喊『on your mark』、『get set』、『go』之後，我們就往前跑。」柯家婕講解著規則。

「『on your mark』是什麼意思？」

「就是在你的跑道上就位的意思，『get set』是預備的口令，『go』就是跑。」

他們兩人各自就一個跑道站定位後，柯家婕望著前方，輕聲說道：「再見了，范柏軒，我們大學裡見了。」

范柏軒愣了一下，內心深處的一絲感觸被牽動起。

柯家婕喊著：「on your mark!」隨即蹲下。

范柏軒也跟著蹲下，心裡想著：「再見了，柯家婕，我已經就位了，有一天我一定會迎頭趕上你。」

「get set!」

范柏軒覺得眼前一陣淚眼矇矓，他在內心大喊著：「柯家婕，謝謝你，蔡嘉昇、夏天葵、侯海青、張綺，還有范柏瑋，在我的跑道上曾有過你們的影子，與我力竭汗喘的相伴，謝謝你們，是你們教會了我重要的一切。跑吧，我們一起往前跑吧。」

「go!」

27. 百年樹人

六月中旬，補習班的最後一堂課結束了，范柏軒步出教室去上廁所，回程行經櫃檯前，聽見一個似曾相識的聲音。

「雖然高分還算是很新的補習班，但袁燁主任不僅是中部地區首屈一指的數學天王，也是台北南陽街所有補習班都極力想爭取挖角的王牌名師，所以由袁主任親自領軍的高分補習班絕對是你最明智的選擇沒錯。我以前也是袁主任的學生喔，從高中一年級開始一直補到三年級，袁主任教學認真、經驗豐富，非常重視觀念的理解和融會貫通……」

是羅瓊瑤，她一邊手指著叫人眼花撩亂的補習班簡介，一邊對著她面前的男子解說。

恍然如夢啊，范柏軒呆住了，他心想著，「她還記得我嗎？恐怕忘了吧，她正在大學裡面過著精采快樂的生活。是放暑假又回來打工了吧，不過她的台詞怎麼跟一年前還是用同一套啊。」

范柏軒莞爾一笑，走回教室時，教室內所有的人都已經走光了，他打算收拾好東西之後，約張綺一起去吃飯，然後他看到劉綱站在教室後方，正看著窗外。

范柏軒走過去，站在劉綱的旁邊，劉綱似乎也注意到有人靠近，向來者看了一眼，見到范柏軒應該是一個學生，就說道：「哦，同學，課程結束了，聯考只剩下不到兩個星期，加油。」

「謝謝你，劉主任。」

聽到主任的稱呼，劉綱遲疑的偏過頭看著范柏軒。

范柏軒也用頂天立地的氣勢、不卑不亢的看著劉綱。

「你是誰？」劉綱問。

「我叫范柏軒，我是入德補習班的學生。」范柏軒昂然的說道。

「是嗎？」劉綱意味深長的苦笑，「那你堅持到最後了嗎？」

「是的，我沒有忘記一年前的初衷，一直撐到現在。」范柏軒突然熱淚盈眶，眼前的劉綱是如此的落拓失意和不得志，但范柏軒想起他曾經是一個那麼樣意氣風發、不可一世的人物，卻甘心為了學生，向陷害他的對手低頭下跪，忍受連一般人都難以承受的恥辱。雖然他只是一介私人補習班的開業教師，但他卻能屏棄所有的仇恨和成見，全心全意只想著如何維護學生，大而無私的替學生爭取權益，犧牲自己也在所不惜。與此相較之，自己過去始終因為仇恨而滿懷著怒火與憤世嫉俗，一心一意只想著該如何為自己復仇，和劉綱的高風亮節相比，自己真的太渺小和微不足道了，也許古人所說「俠之大者」的氣節，正該當如是吧，他樹立了真正為人師表的風範。

「劉主任，我覺得你很特別。」

「有什麼問題嗎？」

「謝謝你為我們做的一切，謝謝你傾全力來幫助我們，你真的說到做到了。」

「范同學，記住，能堅守到最後的人，就會是贏家，這是我最後送給你的話。」說完後，劉綱轉回身，繼續看著窗外。

范柏軒也轉過身，他和劉綱並肩佇立，一同看著窗外的遠方，櫛比鱗次的大樓。

◇　◇　◇

傍晚，天空開始打起悶雷，氣象新聞說晚上會開始下大雷雨，所以范柏軒趁早就回到宿舍，他走上樓梯時，媽媽正好打電話來。

「柏軒，下禮拜就聯考了，別想太多，盡力就好了。之前你們補習班說你和考試作弊有關係，你爸爸聽說了這件事情後，非常生氣。」

范柏軒的心情瞬間往下一沉，「媽，我已經說過很多次了，我真的沒有作弊。」

「那你跟這些作弊的人到底有沒有關係？」

范柏軒沒說什麼。

媽媽沉默了一會兒，「柏軒呀，你跟你哥哥不一樣，你雖然成績不是那麼好，但媽媽一直都相信你是一個乖孩子，你哥哥上了大學之後，好像變了一個樣，聽說為了女孩子爭風吃醋的關係，上個禮拜竟然把大學裡的教授揍了一頓，記了好幾支大過，差點被退學……唉，本來我們都只操心你的課業，沒想到連你哥哥也要這麼讓我們擔心……」

媽媽掛斷電話後，范柏軒走進寢室內，將自己用力的摔在床上，他心想著像范柏瑋那樣只會讀書的乖乖牌竟然會為了女生，幹出打老師這麼瘋狂的事情來，他在大學裡面發生或遭遇到什麼事情了嗎？

「大學……大學……」他看著上鋪的床板，前人所留下的筆跡，這些人都是為了重考大學而來此一遭的，他看著那副對聯沉思許久，突然靈機一動，跳起身到書桌抽屜裡取出麥克筆，將那行橫批劃掉，重新寫上自己的，然後他很滿意的唸了一次：「青雲有路恆為梯，學海無涯勤是岸，且看今朝……帥！」

正當他沉浸在這種小樂趣的喜不勝收裡，突然有人敲門。

范柏軒起身走去打開門，是一個年約三十多歲的女子。

「你好，請問你是余伯維的室友嗎？」
「我是他的室友，你是……」
「我是余伯維的姊姊，我是來帶余伯維回家的。」

28. 永恆的夏季

外頭開始下起大雨，范柏軒坐在余姊姊的汽車上，滿腦子都在回想剛剛的畫面，余姊姊將余伯維的書桌抽屜拉開，裡面全是滿滿的瓶瓶罐罐的藥。

「他當年是台中一中第一名畢業的，雖沒有應屆考上醫學系，但也錄取到非常好的學校和科系，他大學每一學期的成績也是第一名，光榮的畢業後，到一家大公司上班，卻發現他其實已經瘋了，而且除了讀書以外，什麼都不會，他立志要考取榜首，向世人證明他是最優秀的，從此他就一直待在重考班。」余姊姊說道。

他們趕到補習班，來到教室，果然看見余伯維就在裡面，張綺正在向他請教問題。余伯維一看見余姊姊，本來渙散的眼神突然射出精光，表情也變成了另一個人。

「你別過來！」余伯維站起來嘶吼著，一旁的張綺嚇了一大跳，整個人摔倒在地上。

「伯維，醫生已經判定媽媽快不行了，她一直掛念著你，放心不下你，你就跟我回去見她最後一面吧？」余姊姊向前走上一步。

「我說你不要過來！」余伯維拿出筆袋裡的美工刀，推出了刀片。

倒在地上的張綺見狀，失聲尖叫了出來，范柏軒忙衝上前去，「張綺！你不要動！」

「你也別過來！」余伯維面向范柏軒，雙手將美工刀舉在胸前。

「伯維，以後已經不會再有聯考了，我們現在就一起回去吧，媽媽正在等著你，你放下怨念和執著吧，你放過你自己吧。」余姊姊悲從中來的哽咽著。

「你們不要再逼我了……」余伯維面目猙獰的哭著，「不要再逼我了……不要再逼我了……」

「伯維，你不要這樣！你不要這樣！」余姊姊傷心難過的大喊。

「啊——」余伯維淒厲的仰天大叫了一聲，然後伸出左手翻過手腕，右手的美工刀伸過去一切——

范柏軒說時遲、那時快，吃盡吃奶力氣用力往前奔，用肩頭撞向余伯維手上的美工刀，美工刀被撞掉了，余伯維也被撞倒在地，范柏軒身體摔落地上時，額頭撞了桌腳一下，當場昏厥過去了。

在范柏軒昏迷的時候，他回到了那一個夢境，在夢裡面，他清楚的知道他正在作夢，但是他卻醒不過來，只好在一個地底迷宮中一直亂跑亂闖，跑了好久都找不到出路，最後，他跑到一個死巷，在死巷的盡頭處有一面可以映照全身的大鏡子正發著光亮，他走到鏡子前，在鏡子裡面看見一個和自己長得一模一樣的人，他想要看清楚那個人是不是自己，於是盯著那個人的臉，那個人的眼睛也直盯著自己，那雙眼睛像星星，像是兩顆在黑夜中閃耀的星星。

范柏軒仔細一看，發現那兩顆星星就是張綺的眼睛，他坐起身來。

「你終於醒了，你沒事吧？有沒有怎麼樣？頭還會不會痛？」張綺很擔心的扶起范柏軒。

「我……我沒事。」范柏軒揉著腫起的額頭，「他們呢？」

教室裡只剩下范柏軒和張綺兩人了，張綺說道：「你撞倒他之後，警衛也剛好趕來，他們強制抓住余伯維離開了。」

「是喔。」范柏軒環顧寂寥冷清的教室一圈，「那我們也走吧。」

他們兩人來到水利大樓的正門處，天空正下著傾盆的豪大雨，他們兩人共撐著一把傘走出大樓外。走沒幾步，張綺忽然停下腳步，范柏軒愣了一下，忙回身過去幫她撐傘遮雨，「張綺，你怎麼了？」

范柏軒看張綺低著頭似乎在啜泣，但仔細一看才發現她是在笑，然後是抬起頭來放肆的狂笑，她推開了范柏軒，在大雨中旋轉著。

范柏軒趕緊過去幫她撐傘，「張綺，你到底怎麼了？你可別跟余伯維一樣發瘋了啊！」

張綺奪下范柏軒手上的傘，丟棄一旁，她抓住范柏軒，「范柏軒，你看見了嗎？我的翅膀。」

「翅膀？」

「還記得嗎？除夕那天晚上，我說的翅膀。」大雨迅速徹底淋濕了他們兩人，但張綺只是熱切的問著范柏軒，「我找到我的翅膀了，你看見了嗎？」

范柏軒雙手用力緊抓住張綺的雙臂，怕她失足滑倒，雨水頃刻布滿了他們的臉。

「是我們自己打敗我們自己的，是我們自己先找到一個合理的藉口去怪罪、去推拖，是我們自己將一切的不順遂與不滿委諸於環境所使然，卻不曾問自己是否盡力了？是否無愧於心了？」張綺在滂沱大雨中用力的嘶吼。

「張綺，你……」范柏軒大口喘著氣，呼吸著。

「其實我一直都知道，是自己的軟弱使自己無法前進，也許我不應該這麼說，但之前逐一離去的夥伴都用勇氣和命運去奮力搏鬥過，夏天葵勇於追求心中的熱愛而不悔、蔡嘉昇面對不同環境都選擇開心樂觀、侯海青真誠的面對自我內心裡面所厭惡的那一部份、余伯維為了執著盡情燃燒自己的生命，他們對我而言，是某種型式上的救贖，同時我也終於領悟媽媽過世前所說的『人生如夢幻泡影，如露如霧亦如電』這句話的真義，我並沒有向你們說出實情，其實媽媽在這句話的後面還告訴了我，如果人生真是一場夢，那麼就讓這場夢成為是要自己不可原地踏步，必須勇敢往前去追尋的夢想。」

張綺繼續說道：「就像我們所讀的微積分，微分是計算轉折點的斜率，沒有轉折點，就堆疊不出驚心動魄的驚濤駭浪，也就不會有峰迴路轉的奇蹟；積分是計算曲線下的面積總和，沒有順順逆逆的曲線起伏，就沒有順境與逆境的互相迭乘，也就不會有圓滿完整的平衡。我一直害怕面對聯考，即使是再次重考也一樣，但我現在終於真正看透了，我很高興，我終於要聯考了，我要繼續邁向人生下一個階段，我已經在這裡停留太久了。」

張綺仰頭看著范柏軒，「我一直對重考抱持著很負面的情緒來看待，但現在我只覺得自己有多麼幸運，能在這重考的這一年裡認識了你們，讓我這次的聯考有了不同的意義，這個夏季對我來說，將是最美的一個永恆的夏季，只因你們曾伴我走過。我打算要回家去了，我想要回到我來的地方，用全新的勇氣，走完我原來的路途。」

范柏軒一手攬住張綺的背，另一隻手輕輕撫過她的臉龐，這份觸摸，完全不帶任何塵世間男女情慾的色彩。范柏軒知道在大雨的沖洗下，張綺已經淚流滿面了，因為其實自己也早潰堤。他抬起頭望著黑夜大雨中的水利大樓，這棟仰之彌高的建築到底承載了多少人對於功成名就或是功名利祿的慾望和野心？以及多少世間的執著和歡怨？吞噬了無數莘莘學子的年輕歲月，包含了成人世界爾虞我詐的鬥爭，多少戲劇性的情節在這裡不斷上演。

「我這一輩子從來沒有幹過什麼瘋狂的事，我想在今晚來點不一樣的。」張綺說道。

「你現在不就已經夠瘋狂了。」

「我要在這大雨中放縱的翩然起舞，我要讓看到這一幕的路人都因為我而為之側目，范柏軒，你願意幫我達成心願嗎？」

「Sure! My pleasure.」范柏軒對張綺低首彎腰揮著手勢，擺出紳士向淑女邀請跳舞的請求動作。

然後他們兩人雙手牽起來，在ＴＣＣ廣場上開始繞轉圈圈，他們濺灑起來的水花化作一朵朵稍縱即逝的銀色花朵，他們完全不理會從一中街夜市行走過來的人群，朝他們投以異樣的眼光。他們只是一直盡情的歡笑、開心的旋轉著、飛舞著……

在大雨裡的飛舞之中，范柏軒彷彿看見張綺的背後蟬脫蝶化的伸展出翅膀……

在大雨裡的飛舞之中，范柏軒彷彿蟬蛻蛹甦的超脫、蛻變、凌越……

——完——

釀小說20　PG0902

沒有聯考的國度

作　　者　紀長興
責任編輯　陳彥廷
圖文排版　陳姿廷
封面設計　王嵩賀

出版策劃　釀出版
製作發行　秀威資訊科技股份有限公司
114 台北市內湖區瑞光路76巷65號1樓
電話：+886-2-2796-3638　傳真：+886-2-2796-1377
服務信箱：service@showwe.com.tw
http://www.showwe.com.tw
郵政劃撥　19563868　戶名：秀威資訊科技股份有限公司
展售門市　國家書店【松江門市】
104 台北市中山區松江路209號1樓
電話：+886-2-2518-0207　傳真：+886-2-2518-0778
網路訂購　秀威網路書店：http://www.bodbooks.com.tw
國家網路書店：http://www.govbooks.com.tw
法律顧問　毛國樑　律師
總 經 銷　聯合發行股份有限公司
231新北市新店區寶橋路235巷6弄6號4F
電話：+886-2-2917-8022　傳真：+886-2-2915-6275

出版日期　2013年05月　BOD一版
定　　價　280元

國家圖書館出版品預行編目

沒有聯考的國度 / 紀長興著. -- 一版. -- 臺北市：釀出
版, 2013.05
面； 公分
BOD版
ISBN 978-986-5871-29-1（平裝）

857.7 102004017

讀者回函卡

感謝您購買本書，為提升服務品質，請填妥以下資料，將讀者回函卡直接寄回或傳真本公司，收到您的寶貴意見後，我們會收藏記錄及檢討，謝謝！如您需要了解本公司最新出版書目、購書優惠或企劃活動，歡迎您上網查詢或下載相關資料：http:// www.showwe.com.tw

您購買的書名：________________________________

出生日期：________年________月________日

學歷：□高中（含）以下　□大專　□研究所（含）以上

職業：□製造業　□金融業　□資訊業　□軍警　□傳播業　□自由業
　　　□服務業　□公務員　□教職　□學生　□家管　□其它______

購書地點：□網路書店　□實體書店　□書展　□郵購　□贈閱　□其他

您從何得知本書的消息？

□網路書店　□實體書店　□網路搜尋　□電子報　□書訊　□雜誌
□傳播媒體　□親友推薦　□網站推薦　□部落格　□其他__________

您對本書的評價：（請填代號　1.非常滿意　2.滿意　3.尚可　4.再改進）

封面設計____　版面編排____　內容____　文／譯筆____　價格____

讀完書後您覺得：

□很有收穫　□有收穫　□收穫不多　□沒收穫

對我們的建議：________________________________

____

____

____

請貼
郵票

11466
台北市內湖區瑞光路 76 巷 65 號 1 樓

秀威資訊科技股份有限公司　　收

BOD 數位出版事業部

………………………………………………………………………………

（請沿線對折寄回，謝謝！）

姓　　名：________________　年齡：________　性別：□女　□男

郵遞區號：□□□□□

地　　址：____

聯絡電話：(日)________________　(夜)________________

E-mail：____